日常性に生きていない

橘川順一

1

心をこめてお世話してきたのに。

高森靖子は老人の理不尽な非難に心が折れかけた。

「わたしはコーヒーが好きなのだ。それなのにどうして紅茶を出すのだ」

「コーヒーじゃない、ココアだ。コーヒーなんて苦くて飲めるか」

「またココアを出して。こんなものパサパサして旨くない」

言われる度に好みの飲み物を出してきた。初めのうちの反応は、このようなものだった。へそ曲りというのか、出るもの出るもの悉く否定するのだ。

靖子は相手が年寄りだから、単に我が儘を言っているのだと我慢した。

介護福祉士という職業。老人が無理無体なのは当たり前。その前提で仕事が成り立つ。飲み物くらいで放り投げては、介護士になどなるものではない。思い直した。

言ったことを忘れてしまったのか、それともその時その時の本心を口にしているのか。特に悪意をもっているようには思えなかった。

たぶん、もっと構ってもらいたいのだ。

年を取って寂しくなった。ちゃんと相手をしてくれる人もいなくなった。介護施設に入居し、はじめのうちはしばしば訪ねて来てくれた家族も、次第に足が遠のくようになった。もしかしたらお払い箱のつもりなのだろうか。世話の焼ける老人を、うまいこと追い出したくらいにしか、思っていないのかもしれない。

波多田常治は八十二歳だった。施設に入居したのは、靖子が介護士として働き始める一年前のことだった。

波多田の経歴は所長から聞いた。それによると二十八で結婚し、長男、長女の二人の子供に恵まれた。その後、妻は家を出ていった。離婚届が、言わば置手紙のようだった。理由は言ってくれなかった。離れて暮らしているうちに音信も不通になったそうだ。その後、波多田は離婚届に同意した。

家は長男が後を継ぎ、一人で住んでいる。五十を超えていたが、独身だった。晩婚化がすすんでいる時代だから、三十の頃に長男が独身なのは、ある程度はやむを得ないかと思っていた。しかしいつまでも一人では、いずれ困ることになるはずだ。知っている範囲で相手を探した。何度か見合いをさせたが進展しなかった。一年経ち、二年が過ぎる。長男は元々気難しい性格だった。そして波多田は探すのを諦めた。だったら自分でなんとかすればよいと突き放した。

結果は本当に見つけられなかった。気まずい二人暮らしが続く。妻がいなくなってから家事は波多田が行っていた。長男は会社で帰宅が遅かった。食事の用意をするだけの関係になった。長男は仕事に熱心だったから心配はなかったが、家が家庭ではなく、宿泊施設になったような気がした。

そして十年、二十年……。波多田はあと少しで八十に手が届く年齢になった。当たり前のように足腰が覚束無くなる。全く歩けないのではなく、速足ができない程度。耄碌したとは思わなかった。

娘が近くに住んでいるうちはまだよかった。遠方に嫁ぐと次第に疎遠になっていった。折に触れて顔を見せてもよさそうなのに、孫が幼稚園に通う頃には姿を見せなくなった。小学校に入学したと聞いたのが最後になった。電話しても忙しいからと拒絶された。

こんな子に育てた覚えはなかった。何が悪かったのか。

息子、娘のことより、自分の身が心配になっていった。物忘れがひどくなった。水道を流し放しにしたり、火を消し忘れた。幸い大事には至らなかったが、息子に知られることとなった。

「俺も一日中一緒にいられる訳ではないから、施設に入ろう」

恐れていたひと言が長男の口から出された。

ずっと過ごしていた家を離れるなんて。最初は抵抗したが、危ないから、心配だからと押し切られた。

これが、靖子が所長から聞かされた、波多田常治が入居するまでの経緯だった。

施設の名称は紫園。むらさきえんと読むが、しえんとも読める。しえんは支援をもじったものだ。入居者は三十名程。数人の職員が老人介護を行ってきた。皆、介護福祉士の資格をもっている。

紫園に勤めて二年、靖子は入居者から愚痴を聞くことが多かった。

「うちの娘は薄情で、育ててやったことなど少しも感謝しない」

「一度も会いに来てくれたことがない」

「上の学校だって出してやったのに」

「旅行の費用も肩代わりした」

「食事だって、食費を出させたことなどない」

「なにからなにまで丸抱えだった」

出てくる言葉は、ほとんどが家族への恨みつらみだった。

家族って一体何なのだろう。たまたま一緒に住んでいるだけで、結び付きは全く弱い集まりなのだろうか。

入居者の愚痴を聞くたびに靖子は自問した。

波多田はそんな入居者と違って、家族の様子を話すことはなかった。既に、言わばバラバラになっていたから、今更口に出すまでもなかったのだろう。波多田が感じたのは施設の職員の親切な対応だと言った。中でも、高森靖子は特別だった。天職という、仕事に向かう姿を現した言葉がある。高森靖子はまさにその言葉通りに、介護に携わっているようだと話した。

「きみは熱心に面倒をみてくれる。介護が天職なのだろう」

波多田が靖子を評した。

「わたしが天職に就いているように見えるのですか」

靖子は訝しんで問い直した。

「そうだ。分け隔てなく相手をしてくれる」

波多田が理由を言った。

「それは普通の対応ですが」

「いや、中には訳の分からない年寄に、閉口する職員もいるだろう。しかし、きみにはそれが微塵も感じられない」

「たぶん、褒め過ぎですね。わたしはこの職に就いて二年です。まだ手探り状態ですから」

「長く携わったから優れた対応ができるとは限らない。仕事にどう向き合うか、そこに信頼が生まれる」

波多田は介護士の基準を言った。

靖子は努力しますと答えて会話を締めくくった。

「足がつってしまった」

数日後、波多田がこむらがえりをおこした。その場にかがんでふくらはぎのマッサージを続けた。簡単には元に戻らない。

「どうしました？」

靖子が通りがかりに、波多田に声を掛けた。

「足がつって痛い」

「それはいけませんね。痛みは？」

「すごく痛い」

「自分でマッサージするのは辛いでしょう。わたしがやってあげますね」

靖子は足元にかがむと親指でふくらはぎを押した。椅子に波多田を座らせて、ずっと揉み続けた。しばらくすると、固くなっていた筋肉が柔らかくなっていった。

「すごく楽になった」

波多田が安堵の表情を浮かべた。

「もう大丈夫ですね。よく起こるのですか」

「時々だな」

「だとすると、ふくらはぎに問題があるのかもしれませんね」

「問題か」

「たぶん、筋肉の力が弱くなっているとか、そういうことです。そうだわ、よいお薬がありますから用意しておきましょう。直接、患部に塗ってほぐすお薬なのです。わたしがいなくても治療できますね」

波多田はそこまでしてくれるのかと礼を言った。

食事が喉に詰まったときも、靖子が助けてくれた。しばしば餅を喉に詰まらせて命を落とす事件が報道される。そんなことは自分には起きない。他人事だと高をくくっていた。

餅ではなかったが飲み込み方が悪くて、喉に詰まってしまった。首の後ろを叩いて、食べ物を外に出そうとした。簡単には出てこなかった。もがいていると靖子が気が付いた。靖子は食事を飲み込めない事例があるので、食堂ではいつも気を配っていたのだ。

靖子の機敏な対応で、息苦しくなる前に吐き出すことができた。命拾いしたことになる。

「ありがとう。お陰で助かった」

「ゆっくりよく噛んで食べるのですよ。それさえ守っていれば、喉につかえるようなことは起きないです」

「今度のことは教訓だ。必ず守る」

「命を大切にしてくださいね。せっかく長生きしたのです。まだまだ先がありますから」

「長生きするのも申し訳ない」

「何をおっしゃっているの。ダメですよ、つまらない気持ちに捕らわれては。日常生活が普通に送れなくなったから、わたし達、介護職員がお世話するのです。わたしはその役割を仕事にしたのです。喜んで携わっていますからね」

靖子は職業として介護を選んだ。生き甲斐だと言った。

靖子が波多田の介護をするようになった当座は、飲み物の好みで行き違いがあったが、それ以外は概ね波風も立たずに毎日が過ぎていた。

2

本来ならば、家族が高齢の親を見守るべきものだろう。しかし、家族にも当然、生活がある。特に仕事に就いていれば、一日の時間の大半は職場にある。生活の糧を得るための時間を、親の介護に削られる。限られた時間で対処するしかなくなってくる。

高齢になれば身体の不自由が発生する。どんなに元気であっても、いつかは介助が避けられない。介護職の必要性は、高齢になればなるほど増してくるのだ。

こむらがえりを起こした波多田に、靖子は体操を促した。

「ラジオ体操かね」

「そうです。覚えていますでしょう」

「たぶん忘れてはいないな」

「では、元気を出して体操しましょう。ゆっくりの動作でいいんですよ。ゆっくり、しっかり、かな。そうだわ、いつも、ゆっくりしっかりを口に出して行動するといいかも」

靖子が案を出した。

「ゆっくり、しっかりかね」

「そうです」

「なるほど、良さそうだな」

「いいでしょう。ゆっくりだけじゃなくて、しっかりのところが大事です。これなら落ち着いて行動できますから」

靖子の後押しで波多田は心が軽くなったと言った。施設に入ったことで、長男からは見放された気がしていたからだ。

姨捨山に入れられたのでは？　疑心が生じる。しかし姨捨山の物語では、主人公の老婆は息子のため、途中途中の道すがら、枝を折って息子が帰り道で迷わないように配慮した。体が弱った事実を受け止め、子のために生きたのだ。

だとすれば、自分としては長男のために生きるのもよさそうだ。弱っていく体を受け入れよう。それは自然体というものだ。成行きに任せて、でもちょっとだけ抵抗して、要介護の度合いが進行するのを防ぐ。十年前までは筋トレを行って体を鍛えていた。筋トレや脳トレで衰えを遅らせることができるはずだ。

「姨捨山ですか？　まさか」

靖子は波多田の一言を、即座に否定した。

それは物語の世界で、現実ではないと思う。しかし、靖子は波多田の様子から、家族の断絶を連想した。

体操の提案は早速実行に移した。入居者の毎朝の日課にしたい。一つの決まったルーチンがあると、生活に張りができる。

波多田も参加した。靖子が体操を思いついた張本人だ。張本人というのは語弊があるか。意味がきつすぎる。だとすると当事者になるか。とにかく体を動かすことだ。

「痛っ」

波多田が顔をしかめた。

「まだ始めたばかりですよ。力を入れ過ぎてはいけません」

靖子はあくまでも軽く軽くと促した。

「こんなに固まっていたのか」

「予想以上に体が固くなっていますね。ほぐすところから始めているのですよ」

「そうだったな。では痛くないようにやっていこう」

「少し痛いくらいでお願いします」

「痛い？」

「やや痛いくらいです。やや痛、です。刺激がなければ効果はありませんから」

「やや痛か。たしかにそんなものだ」

靖子は腕の運動から始めた。

波多田は体の脇から腕を上げ、真上に伸ばした。同じ動作を何度も繰り返す。ひとつの動作を概ね十回続けた。

「痛くないですか」

靖子が確かめる。

「多少」

「ちゃんと上に上がりますから、この調子でやっていきましょう」

「分かった」

あまり痛みを感じないのか、波多田がすんなり受け入れた。

これでは運動の意味がないかな。多少の痛みが必要なのだ。靖子は無理をしてもらうことに切り替えた。

「少しきつくします。終わった後で、腕や肩が楽になりますよ」

腕を伸ばす。靖子が背中から更に押し上げた。

「痛い。体が壊れる」

「ご免なさい。力を入れ過ぎたかしら」

「入れ過ぎている」

「では、緩くします」

「頼むよ」

それでも先程と同じ位に力をいれた。

「痛っ。全然変わらないではないか」

「いえ、そんなはずはありませんが」

「そうかね、おかしいな」

「大丈夫です。腕の筋肉はほぐれてきていますよ」

「かえって悪くならないかね」

「疑問に思うのは最初だけです。一週間続けましょう。筋肉が見違えますよ」

「うまいこと言って、騙している」

「騙されたと思って続けてください」

「やはりそうだ。わたしを騙している」

「騙されたと思わないと、やめてしまうでしょう。だから嘘でもいいから続けるのです」

「人を煙に巻くような言い方だな。本当に効果がなかったら、許さないからな」

「その時はわたしに、腕立て伏せ百回でも命じてください」

色々言われながらも、靖子は筋肉トレーニングを続けた。強化は期待できないとしても、衰えさせないことが運動の主眼になっていた。

一方で、介護される者にとって介護に身を委ねていると、自力で何とかしようとする気力が薄れていく。介護制度は不自由を補おうとするものだ。補うという主旨が次第に失われ、単に身を任せようとする意識だけが強まっていくことになる。あくまでも自助の心を失わせないための制度なのに、人は楽な方向へ埋没しがちなのだ。

靖子には、それも仕方がないことだという認識はあった。生活困窮者が援助に頼っていると、いつまでも困窮から抜け出せない。抜け出すには相当の覚悟が要る。

俺は人に頼らないで生きていきたい。だから援助交際は一時的な支援にとどめるのだ。その心意気は称賛に値するが、ずっと持続させるのは難しい。抜け出すまでの支援のつもりが、抜け出さなければいつまでも援助してもらえるという意識に転換する。

これではダメだと葛藤する。ここまではよい。しかし、その葛藤自体が長続きしない。せっかく支援してくれているのだから、活かさない手はない。手を差し伸べてくれる支援者を尊重したい。自分なりの解釈に軸足を置き換え、介助されることを正当化するのだ。

もちろん全員が全員、抜け出せないわけではない。また、介助に頼らざるを得ない人も多い。高齢、病弱、虚弱。様々な理由で、支援があることで生き抜いていかれる人が、現実に存在する。

さらに支援から脱しようと、もがきにもがいて自立を勝ち取る人もいる。ただし、そのような精神力の持ち主はごく僅かだ。

波多田常治も自立心は強かった。ところが施設に入り、十分な庇護の下に過ごしていくと、いつしか自分の足で立つのだという意気込みは薄れていく。

波多田は前の日、いつもより長く歩いた。散歩コースを変えて足を鍛えたつもりだった。その夜は疲れを取るためゆっくり休んだ。朝、起き上がろうとしたとき、ふくらはぎに痛みを感じた。起き上がれない。ベッドの手摺りに掴まって、腕の力で体を起こそうとした。一度、二度、体を捩らせて布団に手を付き、横向きに体を立てた。どうにか上半身が起こせた。

「波多田さん、どうされました」

高森靖子が心配して覗き込んだ。波多田の様子が不自然だったので手を貸そうとしたのだ。

「足が言うことを聞かなくなって」

波多田が状況を簡単に説明した。

「それはいけませんね。昨日まで何ともなかったのに」

「そうなんだ」

「たしか、昨日、長く歩かれませんでしたか」

「ああ、ちょっとだけ長かった」

「もしかしたらそのことが原因かもしれませんね」

「そうかな」

「無理をなさらないでください」

「無理？」

「そうです」

「無理したつもりはないんだが。毎日同じでは弱っていくばかりだからな。元々、足は少しばかりおぼつかなくなっていた。だから鍛えないといかん」

「それで遠出されたのですね」

「遠出というほどではないな」

「でも、結果的に足に負担がかかったわけでしょう。気持ちは分かりますが、やはり無理だったのですね」

「きみは無理するなと忠告するが、多少は無理しないと、散歩しても面白くないよ。それにいつも無理しろと言っているではないか」

「散歩自体に意義がありますから、遠出するにしても千メートルとかに、制限してはいかがですか。起き上がれなくなっては、元も子もありませんね」

靖子は運動そのものは賛成だが、ほどほどにしてほしいと訴えた。命令ではなかった。提案だった。

「そうは言っても、わたしは散歩したいのだ。もっとずっと長く。だから命令はされないよ」

波多田は自由だと言い張った。

年寄りの常で、意地が強くなる。靖子が体の負担を心配して運動制限が必要だと力説しても、聞く耳は持たなかった。

「分かりました。では気の済むまでやってください」

靖子は万が一の場合は助けるからと続けたかったが、やめた。火に油を注ぐ結果になることが見えていた。売り言葉に買い言葉。拒否の感情がエスカレートしかねない。

「ああ、そうする。今回はたまたま足が痛くなったが、もう起きない。歩き慣れてしまえば何でもないのだ」

波多田が習慣にすればよいのだと断言した。結論は老人が出した。

波多田の散歩はその後も続けられた。帰りの時間が遅くなっていった。日に日に距離が長くなっているのだろう。

靖子はいつか必ず、立てなくなる日が来ると予想した。波多田の頭はハッキリしていたから、いわゆる徘徊ではなかった。その点は安心だった。あくまでも身体の故障や障害が心配の種だった。

3

更に一週間が経過する。朝食の時間に波多田が姿を現さなかった。前の日も散歩の帰りは遅かった。遠出が続いていた。

「寝坊かしら。それとも……。確認しないといけないかな」

靖子は波多田の部屋に行った。

「どうされました」

ドア越しに声を掛ける。

「いや、何でもない。これから出る」

波多田が応えた。

声に力がなかった。冷静にみて、具合の悪さが窺えた。やはり遠出が祟ったのでは。

「大丈夫ですか。入りますよ」

確認しようとドアに手を伸ばした。

「今行くから入ってこなくていいよ。着替えているところだ」

「手伝いましょうか」

「大丈夫だ、着替えを助けてもらうようじゃ、おしまいだ」

波多田は強気だった。

「では、食堂で待ってます」

靖子は諦めてその場を離れた。

食事の時間は定められていたが、やはり中には遅くなる入居者もいる。姿を現さないときは、念のため部屋まで迎えにいく決まりになっていた。大概が寝過ごしか着替えに手間取っていた。こんな理由なら無理に連れてこなくとも差障りない。老人のペースを乱さないのも大切だった。

しかし、食欲がないとか足が痛いとかだと事情が異なる。体調の不備は、最初は軽微であっても急激に悪化する場合があるからだ。

事実、本人が介助を強く拒んだ後、死亡する事例があった。体力にゆとりのない老人は、気丈に振舞っていても、実際には脆さと隣り合わせなのだ。

靖子が食堂に戻った後、およそ十分ほどで波多田が姿を見せた。

「足腰は痛くありませんか」

すぐに健康が言葉に出る。

「きみはそればかり気にする」

波多田が不満を言った。

「でも」

「大丈夫だからここに来られたのだ。顔を見たらおはようとか、こんにちはとか、違う日本語が違うんじゃないのか」

「済みません」

「心配し過ぎだ。みんなが皆、弱っているわけではないだろう。話題が狭すぎる。昨日の野球はどちらが勝ったとか、景気が悪くなってきたとか、いろいろあるだろう。介護する人間が世間を狭くしてしまったら、老人はますます耄碌するぞ」

心配より話題作りで心を明るくしろ。要するに年寄り扱いしてほしくないのだ。つまりは元気な証拠だろう。靖子は波多田の忠告を受け止めた。

病は気から。気力が失せれば、体中あちこちに悪い影響が出てくる。よく聞く諺だったが、真実なのだと思う。

一方で波多田は高齢者だ。夫人と別れて一人暮らし。独居老人は多くの場合、生活に張りが無くなっていく。靖子を相手に気丈に振舞っているが、寂しさの裏返しではないかとも思う。

協力する相手も、文句を言う相手も、世間話する相手もいない。長く連れ添った配偶者が目の前に存在しないのは、相当に辛い心理状態のはずなのだ。

靖子にきつく当たることで、弱気の虫を退治しているとも考えられる。意図的ではなく、ごく自然に表に現れるのだ。それならそれで、悪者に徹するのも、ひとつの務めなのかもしれない。

人間は相対的な生き物だ。味方と敵。いつも誰かを善玉にし、誰かを悪玉にしないと、心の平穏が保てない。

分かりやすい例が週刊誌だ。小さな事件を殊更大きく騒ぎ立てる。騒ぐだけ騒いで世間を撹乱し、大衆の興味が薄れたところで、また次の悪玉を探して煽り立てる。正義の味方を振舞っているのだ。

誰だって叩けば埃が出る。でも叩いてもらったお陰で埃が払われ、綺麗になった、スッキりしたと開き直れるくらい図太くないと、堂々と世渡りできないのかもしれない。他人に潰されてしまっては、自立心が壊される。

そうは言っても悪い奴らをあぶり出さないと、世の中が治まらないのだろう。皆が皆、正しい人、立派な人、善人ばかりでは人の心は安寧を得られない。善人ほど悪いヤツはいないと言ったのは親鸞だったか。待てよ、悪人の意味が違うかな。わたしの知識では理解不能のところがあった。

必要悪と言う言葉がある。とにかく悪者がいないと、世の中は治まらないようだ。悪者とされた人は気の毒だと思う。徹底的に叩かれる。叩かれても叩かれても這い上がる。それができないと、地獄に落されっぱなしになってしまう。きっと必要悪の人は気力が突出しているのだろう。独自性というのか、世間一般とは考えが異なる。それ故、平均的な見方をする人からは拒絶されるのだ。

波多田常治にとって、わたしは平均的ではないと感じられるのだろうか。ただただ優しく接してあげたいし、我が儘放題にさせてもあげたい。でも、施設は団体生活の場だ。秩序を保つためには制約が必要だった。

全体の利益というが、入居者全員が迷惑がられない生活を送っている。波多田もまた、秩序に従い、波風立てない暮らしを求められる。

靖子は理解するまでもない基準だと思ったが、強く押しつけるのは、かえってさざ波が大波に変わり兼ねない。人に接する難しさを感じていた。

4

靖子は自分でも、波多田にきつく当たっているのかなと思う。特に我の強い波多田のことだから、他の入居者と比較して、処遇が冷たいと感じられているかもしれない。集団生活を送っているから、言って聞かせるときがある。そのときの言葉遣いが、冷たさを感じさせる要因になっているようだ。

「靖子さんは波多田さんへの対応に、苦心しているように見えますね」

職員の一人が靖子に話しかけてきた。

先輩の牛田育代だった。靖子とは同い年だったが介護職を三年多く経験しているだけに、手慣れたところがあった。

「波多田さんは要求が厳しいから」

靖子は本音をこぼした。

育代の介護は参考になるところが多かった。それ故、時々にアドバイスを受けていた。

「あの人には、確かに手を焼くときがあるわね」

育代も同意した。

「どうしたらよいのか、よく迷うのですよ」

「全部が全部、要求を適えなくてよいわ。ここは施設だからね。自宅なら許されても、団体では許されないこともあるわ。そうねえ、やんわり導くのがよいのかな。加減が難しいけれど、駆け引きしながら対応を覚えるのね」

育代は、まずは経験が必要だと言った。

分かってはいたが、経験する前に自分が挫けてしまいそうな気もする。もちろん仕事だから、気弱になっても諦めてもいけない。この基本はよく理解していた。理解してはいたが、勝手にしたらと突き放したくなるときもあった。

「わたし達の仕事って、介護される人という弱者を相手にしているから、高圧的になってはいけないのね。常に心を広く持つ姿勢が求められる。だけど相手は弱者のはずなのに、強者に感じる時があるわ。だからといって絶対に気持ちを乱してはいけない。感じるだけで弱者には違いないからね」

育代が日頃感じている思いを話した。

そうか、強者だったのだ。

靖子はこれまで心の中で掴み損ねていた、介護者の立ち位置が定まった気がした。要介護者が強者。弱者に見えて、実はその真逆な強者。わたしは強者を相手にしているのだ。

それ故に対応に決め手のない状況が続いていた。強者と断定すれば、それ相応の接し方がとれる。お客様は神様というけれど、相手がお客様なら、その言い分には、十分過ぎるほどの配慮が欠かせない。

お客様とは随分露骨な言い方だ。持ち上げているようで、言葉の裏では蔑んでいるようにも思える。下に見てはいけない。介護してあげているのだから、ともすると黙って従えと思うときがある。

支配する者とされる者。敬われるべき高齢者を厄介者と見てしまう。

「靖子さんは忍耐強いのね」

育代が言った。

「そんなふうに見えますか」

「そうよ。だって波多田さんは、今まで職員のみんなが手を焼いていたのだから。靖子さんが一体どのように相手をしているのか、知りたかったのよ」

波多田が敬遠されていることは知っていた。靖子は自分から進んで担当を引き受けたわけではなかった。要は割り当てられただけだ。介護職員になってから日が浅かったので、福祉科で学んだ通りに対応していった。

ベテラン職員がするように臨機の措置はできなかった。また、手のかかる高齢者を、飼い馴らすような対応はとれなかった。良いか悪いかは別として、杓子定規に相手をしていれば、介護される者も人間扱いされていないと感じて、不満が募っていく。この事態は避けなければいけない。

とにかく生きていると実感してもらうのが、介護の秘訣なのだろう。育代さんはそれができていて、わたしがどのように行動しているのか、確かめたかったのかもしれない。経験不足は否めないが、経験だけに頼るのでは、介護職員としての成長は遅くなる。やはり研究が欠かせないのだと思う。

賢者は歴史に学び、愚者は経験に生きる。先人の知恵、つまり歴史に学ぶことが、早く介護職員としての適切な対応力を得る上で大切だと感じる。

「靖子さん、今日は入居者の皆さんが眠りにつくだけだから、わたし達も終わりましょう。ゆっくり休んで疲れを取るのよ。頭をリフレッシュしないと明日に差し障るわ」

「承知しました。このあとは宿直の方が頑張ってくれますね」

「疲れを繰り越さないことが介護の秘訣なの」

育代が自習室から職員の控え室に向かった。

今日は無事だった。明日も無事でありますように。靖子も育代の後を追った。

5

数日後、靖子は朝から気が晴れなかった。波多田の姿が見当たらなくなっていたからだ。

「ちょっと出掛けてくる」

行き先も告げずに施設を出て行った。

波多田がふらっと外へ出ることはしばしばあった。時々に気晴らしは必要だ。しかし、出掛けたはよいが帰って来られない場合がある。認知症が進行すると、しばしば起きてしまう現象だった。

波多田はこれまで、戻れなくなることはなかった。日用品を買い求めたり、趣味の道具を揃えたりしていた。些事まで施設の職員が代わりに行ってしまうと、かえって認知症が発生しかねない。また、軽度の場合は症状を進行させてしまう。自立心を摘み取ってはいけない。これは施設の方針だった。靖子は方針を実践しようとしていたから、波多田の行動は注視するにとどめていた。

その日は帰りがいつになく遅かった。普段なら出掛けても、一時間とか二時間で戻っていた。二時間を過ぎ、三時間に及ぶと、さすがに心配になる。もしかして、という気持ちが強くなった。

「波多田さん、どうしたのでしょうねえ」

「まだ帰って来ないのですか」

靖子は牛田育代に状況を説明した。

思い切って遠出をしたものか。どこへ行くとは伝えていなかった。買い物なら立ち寄る店は限られる。それに、せいぜい一、二時間のものだろう。あるいは景色でも見たくなったのか。何も持たずに出たのだから、近場の海岸くらいしか思いつかなかった。

波多田は釣りを趣味にしていた。海岸の岩場から海に落ちたとか、波に足を取られて流されたとか。一度心配すると、悪い方へと想像が向かう。

「交通事故に巻き込まれてしまったのかしら」

反応がますます過剰になった。

「まさか。もし事故なら連絡がきますよ。身分証明になるものは身につけていますから」

育代が冷静に答えた。

「そうですよね」

「万が一の場合を想定して準備しているわ。きっと羽目を外したくなったのね。毎日、大体決まったスケジュールで生活している。だから息苦しくなってしまったのではないかしら」

「わたしは行動制限しているつもりはないです。きちんと生活していれば老化を防げると思いますから」

「それは正しい考えでしょうね。堕落するのは不規則な生活からだから。いかにも年寄りっぽくなってもらいたくないもの」

「でも、波多田さんは束縛されていると感じて、耐えられなくなったのかもしれません。わたしが規則規則と追い込み過ぎたようです」

「自分を責めてはいけないわ。施設の運営方針は尊重すべきものでしょう。そうねえ、時にはあえてフリーにしてあげるのもよいのかな。見て見ぬふりをして、気儘に動いてもらうのよ。もちろんちゃんと見ているのが前提よ。毎日だと本当にだらしなくなりそうだから、週に一度とか、そのくらいならば、ちょうどよい息抜きになるわ。今度、所長に相談してみましょうね。方針の一つに加えてもらうの」

「是非お願いします。波多田さんも心が軽くなると思います」

靖子は育代の提案に飛びついた。やはり先輩だ。介護にもゆとりを持って取り組んでいるから、思い切った発想が生まれるのだ。

その後、待つこと一時間、波多田がふらっと施設に戻ってきた。手に買い物袋を下げている。必要な品物を買い求めに行ったのか。

「今日は遅かったですね。遠くまで行かれたのですか」

行き先を訊ねる。

「ああ。電車で横浜まで出向いてきた。なにしろ近場では専門店がないからな。出掛けるしかないのだよ」

「遠出ですね。何をお求めになったのですか」

「本と釣り道具だ。ここは田舎町の良さはあるが、不便さと隣り合わせだ。まあ、考えの持ちようだがね。自然がたくさん残っているのは良いことだ。目の前が海、後ろが山。川もあるし都会と違って洪水の心配も少ない。暮らし易いのは確かだ」

波多田の感想に、靖子は改めて住み易さの条件は何かと思った。

今まで田舎町の出身で不便と感じたことはあった。それは不便というよりも、文化的な差を目の当たりにしたというものだった。

高等学校は電車で学校のある市へ通学した。同級生の話題に上映中の映画の感想が語られていた。靖子は映画館で観た経験がなかったから、ごく自然に話題になっていることに驚いた。

もう一つは、東京の大学に進学した時だった。専門知識をきっちり学ぶのだと心を躍らせていた。授業の開始を待っていると、同じ新入生の会話が耳に入った。海外作家らしい人物の作品が話題になっていた。知らない作家だった。靖子が進んだ学部とは無関係の分野だった。都会の人は違う土俵に上っているのか。自分がひどく遅れていると感じた。よほど心してかからないと差は開くばかりだ。靖子は追い越せないまでも、追いつけ追いつけと自身を励まして、学生生活を送った。

その望みは学生時代には適わなかったが、社会人になって仕事を通じて視野が広がっていったように思える。だから二度のショックはマイナスばかりではなかった。その時は劣等感を抱いたかもしれないが、育った環境が異なっていただけで、決して劣っていたわけではないと思い直した。

波多田が感じた地域の実情は、靖子に学生時代を思い起こさせてくれた。

会話が大切とはしばしば聞かされるが、本当にその通りなのだ。靖子は介護する側される側と、立場の違いだけを基準に職務に当たっていた。無味乾燥状態だったのではないかと思った。

波多田は、たとえ身体に衰えがあるにしても、八十を数えるまで生き抜いてきた。人間としての芯があるはずだ。高齢者と一方的に決めつけてはいけない。とにかくお世話しなくてはという意識ばかりが表に出ると、波多田にとっては煩わしさを感じてしまう結果になりそうだ。

時折、素っ気ない態度を見せていたのは、心の通った対応をしてほしいという、内面が発露されたからなのかもしれない。

ふらっと行き先を告げずにどこかへ出掛け、やはりふらっと帰ってきた。

靖子が問い詰めなかったことで、ごく普通の会話になった。波多田が求めていたのは、取り留めのない日常生活だったのかもしれない。

一生懸命になることで、靖子は役割を果たしてきたつもりだった。しかし波多田は、肩に力の入った介護にうんざりしていたのだ。だから黙って出掛けて行った。要介護者でなければ普通にできる日常を、取り戻したかった。いや、取り戻すなんて、そんな大袈裟なものではなく、日常性という平凡な生活に浸りたかったのだ。

「波多田さん、今度は本の感想を聞かせてください。どうしても読みたかった本ならば、きっと素晴らしい内容なのでしょうね。さわりの部分だけでよいから、教えてほしいです」

靖子は共通の話題を持とうとした。

「これか。どうかな、小難しい本だが」

「難しいですか。だとすると波多田さんは理解されているのでしょう。読む力があるのですね」

「読解力のことか？　わたしにあるわけがないだろう。こんな本を手にしたのは、難しい内容なので懸命に理解しようとすることになる。そうすると、脳みそをフル回転させなければならなくなる。脳を目一杯使えばボケなくなるだろう。つまり、本を読むのはボケ防止。そんなつまらない理由なのだよ」

波多田は決して高尚な探求心でもなければ、知識欲でもないと、あっさり片付けた。

「謙遜されているのでしょう。現役の時は代表者だったと聞いています。さぞかし勉強されたのでしょうね」

「いやいや、経営なんて思いつきとハッタリでできることだ。わたしの場合、勉強熱心だなんて全く当てはまらない。まあ、中には研鑽を欠かさない者もいるだろうが」

「そんなものですか。でも、思いつくためには相当の前提知識が必要ですよね。ハッタリはともかく、無からは何も生まれないでしょう」

「仮にわたしが勉強熱心だったとしよう。その場合、そうなんだよ、寸暇を惜しんで勉強したんだなんて言うかね。まず言わないな。殆どの者が自分は研究に時間を費やしてきたとは言わない。熱心さは外には見せないものなのだ」

「では、相当に勉強されたのですね」

「だから、どちらかは言わない。一生懸命頑張ったなどと言うのは、浅はかなことだ。自分で自分を軽くしてしまう」

「よく分かりました。では、わたしの中で結論づけておきますね」

「こだわる必要のないことだ」

波多田はそれ以上触れてほしくないようだった。

靖子は答えが決まっている問題を出してしまったと、波多田に悪い気がした。分かり切った問いだった。全く大人気のない行為だ。選択肢がひとつしかない問題は問題ではない。答えたくない気持ちに気づかなければいけなかった。波多田は曖昧に答えをはぐらかしていたが、大人の対応だったのだ。

「出掛ける時は声を掛けてくださいね。行き先も教えてください。わたしが見当たらなかったら、メモで書き残していただければ助かります」

大事にならないためには、最低限のコミュニケーションが必要だ。

「心配をかけてしまったか。分かった、これからは気をつける」

波多田は勝手に出て行ったことを詫びた。

心を通わせるためには会話が大切だ。日常の些事から言葉に出せば、話が発展していく。

決して大所高所からの発言をするまでもなかった。むしろ瑣末な話題の方が会話が弾むきっかけになる。

今回はコミュニケーションを取ろうと、突っ込み過ぎてしまったようだ。買い物の中身を聞くところから始まって、波多田の経営者としての一端を知ることになった。さりげなく話してくれたが、本当は不愉快な思いもしていたのかもしれない。

靖子は介護技術は要介護者への対応で、日に日に深まっていくのだと感じた。この職に就いて日は浅かった。まだまだこれからだと意を新たにした。

6

職場は常に緊張を強いられる。介護にかかわらず、仕事はミスを許されないから、気が休まらない状態が続いていく。心にゆとりがないと、結果的に思わぬ凡ミスをやってしまうものだ。

ベテラン職員になると自身で気力を調整できる。靖子にはまだまだ及ばないワザだった。介護とは直接の関係はなかったが、間接的には要介護者にうまく対処できるための、重要な要素といえた。

「高森さん、あなたはずっと働きづくめですね。長期間は無理としても、二、三日は休暇を取ったらいかがですか」

年配の介護士が休みを勧めた。

言われてみれば、職場のカレンダーで定められた日のほかに、休んだことはなかった。

「はい、でも目を離しますと、何が起きるか分かりません」

靖子はためらった。不在中に体調を崩したり、先日の波多田のように、姿が見えなくなったりしないか心配だったからだ。

「大丈夫よ。あなたの分はみんなで助け合ってうまくやるわ」

「本当によろしいのですか」

「もちろんよ。むしろあなたが休んでくれないと、体調を崩すのは靖子さんになってしまうわ。その方が大変でしょう」

「休んでくださいね」

他の職員も口々に休暇を促した。

「そこまでおっしゃるのなら、お言葉に甘えて休みを取ることにします」

久し振りの休暇だった。施設は週休二日が原則だったが、主に人手が足りないという理由で、休日出勤するときがあった。シフト制を敷いているから、土日が休みとは決まっていない。それ故、まとまった休みになるのは有難かった。思いきり羽根を伸ばせる。

家でゴロゴロしているのも悪くはないが、この際だから小旅行がしたい。予め休みが分かっていれば旅行ツアーに申し込めるのだが、日程的に予約はできなかった。行き先を決めての電車やバスの旅になる。

靖子は前から行ってみたかった野島崎に決めた。灯台がすっくと立っている魅力的な観光地だった。もちろん初めて訪れる。知らない土地を散策するのは心が踊る。ワクワク感がたまらなかった。ずっと忘れていた冒険心をくすぐる行動だった。

時刻表を調べて電車とバス旅の計画を立てた。旅館を探して電話で予約を入れた。幸い一人旅に適した部屋が空いていた。一泊の旅行ができる。靖子の住まいのある西湘地区からは、晴れた日には房総半島が見える。野島崎は東京湾側にあるので視野には入らない。見えるのは館山あたりまでだった。

手前の三浦半島、相模湾奥の大島、真鶴半島、伊豆半島。眺望は開けている。風光明媚な地域だった。言ってみれば特筆ものだ。その景色を当たり前のように目の当たりにしている。本当は贅沢なのに、特等席にいるのだという思いに至らないのだ。旅行は地域の価値を思い起こさせてくれるものだった。

靖子は計画どおりに東海道本線、内房線を乗り継ぎ、館山からはバスで野島崎に到着した。バスを降りると海岸を散策した。

灯台は、これが灯台だと言うように高くそびえていた。白い塔の壁が目に飛び込んでくる。背の高い建造物だったので優美さはひとしおだった。

海岸は岩場で、海岸線が入り組んで荒々しかった。一方、西湘海岸は砂浜が続いているので、対比が面白かった。もっとも最近は砂が侵食されて、波打際が陸地に迫っている　野島崎海岸はどうなのだろうかと気になった。

波や風に岩肌が削り取られるのは、自然現象なので防ぎようがない。温暖化による侵食ならば、自然に任せてはおけない。明媚な風景がいつまでも存続してほしいと願った。

観光地なのに人の姿は少なかった。平日のためなのだろうか。土日、祝祭日ならば、もっと賑わっているのかもしれない。その分、ゆっくりと楽しめる。

灯台の中には入らなかった。明かりのある部屋まで登れば、どこまでも見渡せる。もしかしたら地球の丸さを実感できるかもしれない。

女の一人旅という、ロマンチックな、あるいは淋しいような、旅情をかき立てるフレーズが浮かんだ。靖子はいつかじっくり噛み締めてみるのも悪くないと思った。

7

旅行から帰ると、次の日は普段と同じように出勤した。気力も充実して介護の現場に向かうことができる。休暇の礼を言って持ち場に急いだ。お土産に館山の銘菓〈びわのしずく〉を配った。

「お変わりありませんか」

いつものように様子を聞いた。

「お休みできてよかったですね」

逆に、入所者から口々に休暇の意義を強調された。

「波多田さん、おはようございます」

靖子は明るく声を掛けた。

「どうして休みを取ったのだ」

波多田が強い口調で言った。

「え」

「だから、どうして休んだりしたのだと訊いているのだ」

靖子が休暇を取ったことを責めているようだ。

「でも、職場の人達が代ってお世話していたはずですが」

「はずですが？　何だ、その言い方は」

「困らないようにお願いしていたのです」

「困らない？　困らないわけがないだろう。きみでなければ、ちゃんとやってくれないんだよ」

「そんな。わたしよりもベテランの人が相手をしてますし」

「ベテランだと。きみはベテランだから、きちんと仕事してくれると思っているのか。ベテランは完璧だと言うのか」

「少なくとも、わたしよりはうまく対処してくれると思いますが」

「違う。ベテランは詳しいだけで、実際の行動を執らない場合が多い。うまくやっている振りをするのだ。そういう手抜きは上達する。しかも、手を抜いているのに抜いていないように見せかける。こっちはうまく騙されてしまう」

後から後から罵詈雑言、非難の嵐を浴びせられた。

どうしてそんなふうに思うのだろうか。悪意というより、悪者と思い込んでいるようだ。おそらく介護士の対応で、波多田の望みとは異なる処遇をされたことがあったのだろう。しかも一度だけではなく、数回繰り返された。そのときの介護士がベテランの職員だった。この体験がきっかけとなって、ことさらベテランに対する悪いイメージが、定着してしまったと思われる。

職員は決して手を抜いたのではなく、さりげなく対応したのだ。問題解決能力が高いので、いとも簡単に収めてしまった。本人には難事件ではなかったのだが、波多田には親身に欠ける応対だと感じられたのだろう。

一方で靖子はまだまだ介護に未熟だった。だから、それこそ痒いところに手が届くように接していた。この対応を波多田は熱心と評価して、ベテランとは違う真摯さの現れと印象づけていたのだろう。

手を抜きたくなるときは、確かにある。でも思うだけで実際には踏みとどまる。ベテラン職員も全く同じはずだった。

波多田の一方的な思い込みが、非難として現れたとしか言いようがなかった。

「ベテランベテランというが、ベテランは最初からベテランだったのか」

波多田の非難はまだ続いた。

「紫園に勤めたときからベテランだったのか。介護福祉士として働き始めたときからベテランだったのか。そうではないだろう。はじめはうまく介護できなくても、徐々に工夫しながら進歩していったのだ。きみがいくら経験が少ないからといって、ベテランの足元にも及ばないわけではないはずだ。少なくとも熱心さにおいては勝るとも劣らない。わたしはそこのところに期待しているのだ。いや、むしろベテランよりも新人のほうが、よほど有難い。優れたベテランより発展途上の新人。伸びしろのあることが大切なのだ。よいか、ベテランだからなどと、訳知りな物言いはしないことだ」

やっと波多田の講釈が一息ついた。十分言い尽くしたという様子だった。

「ご免なさい。不愉快な思いをさせてしまって」

反論しても受け入れられるはずもなかった。かえって火に油を注ぐようなものだ。靖子は謝った。詫びを入れれば波多田の気持ちも収まる。

「どうしてきみが謝るのだ。謝罪するのは先輩の職員達だろう。きみはちゃんとやっている。謝る必要など何もない」

波多田は靖子の仕事ぶりが適切なものだと強調した。

靖子は自分が波多田から評価されていることに驚いた。毎日のように、あれが悪い、ここがダメと否定され続けていたからだ。

批判は期待の現れ、と聞いたことがある。だとすると、本音では靖子の介護を喜んでいたことになる。

本当だろうか。話の流れで靖子を持ち上げ、ベテラン職員の無力を際立たせたかったのかもしれない。無力とか無能とか、正反対の位置に置いて強調したのだろう。言葉のまま、受け止めてはいけない。その気になると後でひっくりかえされる。

靖子は波多田を十分には理解していなかった。本当は介護に支障を来すので、心に抱いてはいけない感情だった。

「その顔は信じていないみたいだな」

靖子の表情に戸惑いを見たのだろう。波多田が心の中を見透かしたかのように、単刀直入に指摘した。

「い、いえ。そんなことはありません」

靖子は思わず否定した。本心を知られたら、今後の介護に支障を来す。化かし合いではないが、心穏やかに施設で暮らしてもらうためには、本音を隠しておかなければいけない。

「そうかな。わたしは顔色で心が読み取れるよ」

「本当ですか」

「本当だ。しかし、まあよい。話は済んだことにしよう。きみも真面目にやっているつもりだろうからな。気分を害されるのは、わたしにとっても逆風になる。お互い、うまくやっていこう」

責め過ぎてはいけないと思ったのだろう。波多田は靖子が落ち込まないよう、仕事振りは熱心だと肯定した。打算がはたらいているとは思ったが、靖子は対立構造からは何も生み出されないと、波多田の肯定をそのまま受け入れた。

「わたしも仕事ですから、命令口調になってしまう場合があると思います。そんなときは一旦は従い、後で命令に過ぎると指摘してください。そうしていただければ摩擦は生じません。仲良しとまでは言いませんが、波風立てないで施設の日々を送っていただきたいのです」

言うべきことは言った。靖子はこれで、ひとつの懸念材料が解消に向かうと思った。妥協ではなく、お互いの主張を戦わせることで、対応の方向性が見えてくる。

8

足が不自由で動けない入居者を除いて、食事は食堂で摂る決まりになっている。食堂には大型のテレビが備えられており、食事の間は番組が映されていた。何を観るかは規則がなく、早く食堂に来た人が自分の好きな番組にチャンネルを回していた。

「ニュースを観ないのか」

後から入って来た波多田が大声を出した。

画面にはバラエティー番組が放送されていた。

「ニュースもいいけどこっちの方が楽しいよ」

返事をしたのは入所五年になる池谷だった。

「それはバラエティーか」

「そうだ。こいつを笑って観ていると、結構憂さ晴らしになるのだ」

「ふん、ニュースを観ないと世の中から取り残されてしまうぞ」

「わたしはもう八十五歳だ。今更世の中なんてどうでもよいことだ」

池谷が反論した。

「そんな心持ちだとボケて何も分からなくなる。ボケたらつまらないだろう。いや、ボケたらつまるもつまらないもないか。ただぼんやり生きているだけだからな」

「笑って過ごすからボケないんだよ。面白さが分かるのは、頭が働いている証拠だ。堅苦しいニュースばかり観ている方が、柔軟性がなくなって余計にボケるんだよ」

「俺がボケるだと。ニュースを観て政治経済の動きを掴んでいるのだ。無考えにエヘラエヘラしている連中とは、全然頭の中身が違う。毎日毎日頭が冴えていく。第一、やさしい問題ではなく、難しい問題を解こうとするから、頭の働きが活発になるのだ。受動ではなく能動だ。与えられたお笑いに嬉々として喜んでいるのと、社会の問題を見つけて答えを出そうとするのとでは、どれだけ違うと思うか。分かったか」

波多田がくどくどと自説を披露した。

優越感を味わうのか。まさかそのような卑俗な心理ではないだろうが、積極性の感じられない生き方に嫌悪を抱いているのは確かだった。

「波多田さん。あなたの言いたいことは分かりました。そのくらいにしてください。お部屋に戻ってニュースを観ましょう」

靖子は二人の中に割って入った。

このままだと、どこまでエスカレートしてしまうか。ただでさえ波多田は頑固だったから、絶対に引き下がらない。徹底的に相手の池谷を言い負かす。行き着くところまで行き着いてしまうと、後々しこりを残す。おそらく他の入居者にも対立が伝播していく。

楽しいはずの施設生活が、一転して地獄の責め苦を味わうような毎日に変りかねない。靖子は最悪の事態を避けるため、仲裁に入ったのだった。

このような働きも介護職員に求められているのか。自問してみると、今更ながら仕事の幅の広さを実感した。

靖子が執り成したので、波多田は矛を納めて自室へ戻って行った。重苦しい空気は払ったとは言え、波多田の気持ちがどこまで収まったのかは分からなかった。ニュースとバラエティー。好みの違いは価値観の違いでもある。この溝は埋められそうもなかった。

たかだかテレビ番組の騒ぎだったが、わだかまりは小さな行き違いから生じるものだ。放っておくと取り返しがつかなくなるかもしれない。

最初の小石の落石が、みるみるうちに土石流と化す。もしかしたら波多田に靖子への不信感が芽生える恐れもあった。

言葉ひとつで悪意に発展する。靖子はしばらくの間、波多田の介護は慎重すぎるほど丁寧に行おうと決めた。表面的ではなく心の奥底まで掘り下げて事に当たる。辛い仕事だがやり遂げなければいけないのだ。

9

波多田の家族が紫園を訪れた。家族は長男と長女の二人。訪ねて来たのは長女だった。

「暮し振りはどうですか」

挨拶もそこそこに、長女は施設での生活を訊ねた。当然だが気になってならなかったのだろう。

「生活そのもので苦心されているところはないようです。日常の不便を訴えていませんし、思いのまま過ごしておられます」

靖子は波多田のありのままの姿を伝えた。

「それなら安心しました」

長女は安堵したように笑みを浮かべた。

「介護職の皆さんが不満が起きないように接していますから、その影響が大きいのでしょう」

「うちの父はすごく我が儘なのです。本当はご迷惑なのでしょうね」

一旦は安心を示した長女が、間を置かず心配を口に出した。

人の性格は簡単には変わらない。家庭では唯我独尊。亭主関白そのものだったのだろう。だから施設でも同じように振舞っているのではないか。長女の懸念は折り合いを付けない、父親の生き方そのものにあった。

「施設の皆さんが、いわゆる老いの一徹みたいに感じているようには見えます。でも、そのことは織り込み済みですから」

靖子は心配には及ばないと強調した。

本音では波多田の頑迷に手を焼いていた。その現実を長女に伝えるのは気が進まなかった。おそらくこの長女は家庭でも、父親の気性に心を砕いていたはずだ。母親も同じだったと思う。連れ添っていくうちに、次第に鬱憤のようなものが蓄積されていく。そして我慢の限界に達したとき、外の世界へ出ていった。靖子は、夫人が家庭を放り投げたのは、このような理由からだろうと想像した。

長女は懸命に父親をなだめて落ち着かせようとした。何日も何日も苦しんだのだろう。長男と相談の上、結局は手に負えないという結論になり、施設に委ねるという道を選択をしたのだ。

施設とは、家族ではない他人が周りを取り囲む世界だ。家庭のような我が儘は許されない。そのような環境に身を置けば、心の持ち様も変わるはず。他者に対してうまく折り合いを付けるよう、身の処し方の変化が起こり得る。長女は集団生活の効果に期待した。

しかし、実際には効果のあったのは初めのうちだけで、すぐに持って生まれた独尊の性格が現れた。本質は変わらなかったのだ。長女の心配は現実のものとなってしまった。

靖子は長女には現状を知らせたくなかった。悪く言えば、手の掛かる父親から解放された。本心は安堵。安寧の日々を送れるようになった。せっかく手に入れた平和ともいえる暮らしを、崩してしまうのは忍びなかった。

施設は姨捨山ではない。あくまでも老後の生活を、支障なく過ごしてもらうための場所だ。殆どの家族が、家庭では十分な介助ができないので、高齢の家族を施設に託したはずだ。しかし、中には介護に疲れて、あるいは面倒になって預ける家族もあるだろう。本音を引き出せば、邪魔者を追い出したかったという家族が、あるかもしれない。つまり、あってはならない姥捨山になっている。

靖子は介護放棄したくなる気持ちも、やむを得ないものだと思う。極端な話、共倒れを防ぐ効果がある。施設の職員は、本来家族では見切れない高齢者の介護を、専門とした人達だ。

訓練された人がうまく生活を支えてくれる。

本職の介護士に託すのは理にかなっている。また施設も、家族の過重な負担を軽減する目的を持っている。あくまでも頑張り抜いて、自分の力だけで介助を続けるべきだとは言えない。

「団体生活ですから制約はあると思います。生きにくく感じてしまう方もおられるようです。相手をするのは家族とは異なる人達ですから、壁があるように思うのでしょう」

靖子は実際の暮らしに話を進めた。

「うちの父は静かにしているでしょうか」

長女が訊ねた。

「はい。静かにされていますよ。会社の経営者さんだったのですね。集団を引っ張っていかれた方ですもの、団体での暮らしはお手のものでしょうね」

靖子は実態とは異なる有り様を伝えた。隠蔽するわけではないが、本当の姿は知らせなかった。

経営者とは人の上に立つ人だ。だから鶴の一声で多くの従業員を動かせる。長く命令で統率する世界に君臨していると、命令口調が染み付いてしまう。既に第一線を退いて相当の期間が経っているにもかかわらず、現役時代の姿勢から抜け出せないのだ。

すべての人が平等だとはいっても、地位によって動かす者と動かされる者とが生まれる。

高い地位を得た者が動かす人となる。そして高い地位を得るのは、ごく少数に限られるから、高みに到達するのは至難の業だ。その苦難を乗り越えたという自負は、地位を去ったあとも簡単には消えない。

波多田が施設の中にあっても、他者を下に置こうとするのは、その本性の現れだった。

「団体生活を送ってきたといっても、父は孤高を貫いてきたようなところがありますから、皆さんと馴染み深くは過ごせないでしょうね、高森さんも苦心されておられますよね」

長女には父親の本当の姿は想像がつく。それ故、担当の靖子を労った。いくら靖子が仲良く暮らしていると伝えても、額面どおりには受け取らなかった。いわば強権を振るう父親の姿が目に焼き付いている。

「時には強く自分を主張されますが、皆さん概ね似たところがあります。押し殺してばかりではいられないのですよ」

「でも、うちの父はとりわけ強く出ますでしょう」

「ですから、そういう時もあるという程度です。心配される程ではありませんよ」

靖子は長女の懸念を払拭させようと、言葉を選びながら話した。

経営者だからといって、常に強権で押さえ付けようとする人ばかりではないはずだ。もちろん力が全ての人もいるだろうが、いつもピリピリしているとは限らない。あくまでも決断する人が経営者だから、強権を振るわなくとも組織は先に進んで行く。

波多田常治はおそらく力でねじ伏せてきたのだろう。染み込んだ姿勢から抜け出せないのだ。

靖子は様々な人が施設で老後を送る以上、折合いをつけていかなければいけないのだと改めて思った。

長女には、父親を紫園に預けて良かった、心置きなく暮らしていると確信してもらいたかった。そのことも大事な役割だった。

「よろしくお願いします」

心の平安を取り戻して長女は帰って行った。

靖子は玄関まで見送った。車に乗り込むと安堵の表情を浮かべて走り去った。

嘘をついているという意識はなかった。実際には糊塗していた。波多田常治を平静のうちに暮らしてもらうのは、紫園の、そしてわたしの役目なのだと靖子は改めて思った。

10

高齢者だからといって、施設にこもってばかりでは気が滅入る。時には羽根を伸ばしてみたい。

老人ホーム紫園では、年に二度、いわゆる遠足を行っていた。名目は遠足だが歩行は極力少なくして、全行程の大半は観光バスによる移動だった。

地元のバス会社からチャーターした車両で近隣を尋ね回る小旅行。横浜地区、三浦半島、鎌倉、丹沢、大山、箱根方面が主な旅行先だった。

今回はテレビ番組で紹介されていた鎌倉が選ばれた。テレビの影響力は大きい。いつもならあそこだ、ここだと要望が出されるところが、一度で意見が一致し行き先が決定した。

鶴ケ岡八幡宮から由比ケ浜巡りの定番コース。入所者のほぼ全員が参加し、職員を合わせて総勢三十一名がバスに乗り込んだ。足の不自由な若干名が不参加だった。この人達には映画鑑賞会が催された。往年の名画を液晶プロジェクターでスクリーンに大きく映し出す。テレビも液晶画面で大きくなったとはいえ、スクリーンの大画面は迫力満点で、映画館の雰囲気が味わえる。皆が満足していた。大昔なら名画座で上映されるのを待つしかなかった往年の名画が、ＤＶＤで手軽に観られる。靖子は名画座の上映は知らなかった。ＤＶＤが既に普及していたからだ。

バス旅行には波多田も参加した。足腰にやや難があったが、施設内に埋もれてはいられないタイプだった。

靖子も小旅行を引率した。歩き慣れた鎌倉だったが、職員になってからは一度も鎌倉に足を運んでいなかった。

「波多田さんは鎌倉へはよく出掛けられましたか」

靖子が声を掛けた。

「そうだな、目をつぶっても行かれるくらいだな」

「そんなに」

「ちょっとどこかへと思った時、真っ先に選んだのが鎌倉だった。手頃な行き先だ」

「たしかにそうですね。お寺も沢山ありますし、切り通しとか全部を回るのは、一日や二日ではできませんね」

「歴史を知っていると目的が違ってくる。八幡宮を参拝して海岸で保養するような、標準の行楽は採らなくなる」

「歴史に詳しいのですね」

「そうだな。たとえば源頼朝は武家政権という、それまでの日本の政治とは異なる形で国を治めたのだ。誰も思いつかなかった政治形態を発明したことになる。幕末や戦国時代が好きな人は多いが、わたしは頼朝が一番歴史的な影響力が強かったと思っているのだ」

「きちんとした歴史の見方を持っておられるのですね」

「きちんとか。それほどでもないが」

靖子はそれからしばらくの間、歴史談義に花を咲かせた。波多田が鎌倉の歴史に詳しかったから、バス旅行の目的地に適っていた。

バスの中では座席の前後左右で、それぞれ会話が弾んでいた。やはり施設から外に出ると、解放感が口を軽くするのだろう。

目的地に到着する。最初は鶴ケ岡八幡宮だった。石段を上り参詣する。波多田と一緒だったので、ゆっくり足元を確かめながら進んだ。靖子は賽銭に千円札を奮発した。ここは御利益を求めるところだ。お金の力で幸福を引き寄せる。久し振りの鎌倉だし、きっと願いが適うはずだと思った。

「何か心配事でもあるのかね」

波多田が靖子の顔を覗き込んだ。

「心配事ですか。いいえ、特にありませんが」

なぜそんなことを聞いたのだろう。

「今、高額の賽銭を投げ入れただろう。普通は十円とか、せいぜい百円だ。中にはご縁と語呂合わせで五円にする者もある。願い事半分、気休め半分か。しかし千円ともなると、かなり本気だ。だから悩み事でもあるのかと思ったのだよ」

波多田は靖子の賽銭を見ていた。隠すつもりはないが、知られたのは気恥ずかしい思いがした。

「どうせなら運を引き寄せてやれと思ったのですね」

成功した人が、運が良かったからだとは、しばしば語られる。だったら運を逃がすより、掴まえにいったほうがずっとよい。気持ちの上でも安心感が得られる。

「たぶん、気合ですね。ツキに見放されないようにしたかったのです」

「地獄の沙汰も金次第か。ま、あながち否定するものでもないが」

「それですね。無意識のうちにお金の力を、信じようとしていたのかもしれません」

「理屈は合っているな」

「理解していただけましたか」

この話は打切りにしたかった。お金に頼るなんて後ろめたい。

「待て待て、問題はそこではない」

波多田は話を終わらせなかった。

「え、まだ何か」

「ああ。金の力は分かった。だが、どうして金に頼ろうとしたか、そこが本当の問題だな。心が変化する前提となった原因があるはずだ」

波多田は精神科医のように追求してきた。深層心理というのか、人がなんらかの行動を起こす時、表に出ない原因がある。その根元的な原因によって行動が左右されてくる、という考え方だ。

この思考を当てはめるとすれば、わたしには何があったのだろうか。お金という生活には絶対に欠かせないもの、それなのに、おおっぴらに口に出すのははばかられる価値がお金。その価値に敢えて頼ろうとする心の動き。

ひとつには、今の仕事が十分に果たせていないという認識からか。そして仕事以外の日常においても、思う姿とは一致していないという、焦りの思いがあるからなのか。

深く考えを巡らせることはなかったが、単純にいってこの二つの原因に絞られそうだ。

もっともこんなふうに、いちいち理屈をつけて行動を振り返ったりはしない。行動は生まれ育った経緯の蓄積から、その人独自の現れ方をするはずだ。要は思うままに進むのだろう。何だろう。人の行動を今みたいに見つめてはこなかった。それなのに御賽銭を少し多く出した、しかも殆ど無意識のうちに多めに出そうとしたことから、心の中を探ろうとする動きになった。

きっかけをつくったのは波多田の質問だった。この人は普通なら見過ごす現象を、黙っては素通りしない感性の持ち主なのかもしれない。

しばしば職員や入居者と摩擦を起こすのも、心の鋭さに依るとすれば納得がいく。だから煩わしいと感じるのではなく、もっとうまい処し方があるのだと思う。今後は波多田の心を逆撫でしないように接するのが良さそうだ。

靖子は介護に対する、別の角度からの回答を導き出したと思った。

11

観光バスは八幡宮を後にして、由比ケ浜に向かった。海岸を散策し、海風に当たって鋭気を養う。目的は明快だった。

「頼朝の墓には行かないのか」

バスが発車すると波多田が不満をあらわにした。

「今日の予定には入っていませんが」

靖子は旅行スケジュールに従っていると答えた。

「大塔の宮護良親王が捕らえられていた土牢と、頼朝の墓はセットだ。見逃す手はない。みんなもそう思うだろう」

波多田が続けた。

「波多田さんにとって興味のある名所を観たいのはわかります。ですが計画どおりに旅行しなければいけませんので、いずれ後日ということで了解してください」

「いずれ？　後日？　今バスに乗っているのは年寄りばかりだ。後日が来るまでに、行き先はあの世になってしまうぞ。それでよいのか」

「いえ、ずっと先ではありません。近々ということですので、ご理解ください」

「とにかく鎌倉に来たのだ。何時間もかかる所ではない。ちょっと寄り道するみたいなものだ。計画を変更したらどうなんだ」

「バス会社には行き先と所要時間を提示して、見積りを出していただいています。計画を変更すると費用のところから見直しになってしまいます。わたしの一存では受入れられないのです」

「金が掛かるから駄目だというのだな」

「費用だけを強調されましても。とにかく旅行計画に従って進めていきますので」

「だから計画を見直してくれと言っているんだ。北海道へ行けと言っているのではない。通り道のようなものだろう」

図らずも押し問答になってしまった。

靖子は紫園の計画に沿って行動していたから、波多田の提案を受け入れる変更はできなかった。妥協してコースを変えたとき、何か問題が起きたら取り返しがつかなくなる。もちろん今、所長に連絡して変更が可能か打診することはできる。もしかしたらオーケーが出るかもしれない。

靖子は敢えて電話しなかった。次の旅行計画として、頼朝の墓や大塔の宮巡りのコースを選べばよい。考えてみれば鎌倉だけでも、北鎌倉一帯を観て回るコースが設定できる。一度に全域を見学するのは難しかった。

「分かった、今回は諦める。次のバス旅行では、わたしの言った場所を観られるようにしてもらうよ」

波多田が駄目を押すように言った。

「所長にその旨、伝えます。希望が適うよう努力してみます」

靖子は幕引を図った。次の旅行が鎌倉になるとは決められていなかった。もし鎌倉になるのなら、波多田の希望は適えてあげたい。

バスは由比ケ浜に到着した。海辺での自由な散策になる。紫園は町なかにあったので海岸からは遠かった。普段は海とは無縁だった。それ故、浜辺を旅行計画に加えたのだ。浜辺は童心に帰れる。子供の頃に戻ることで、身も心も若返るはずだった。靖子がスケジュール通りと強く主張したのも、心のリフレッシュを期待していたからだった。

バスを降りて砂浜に出た。殆どの入居者が波打ち際まで歩いていった。浜辺に落ちている小石を拾ったり、形のよい貝殻を集めていた。

皆、心が晴れ晴れしているようだった。靖子は旅行の目的は達せられたと思った。行き先で少しだけ揉めたけれど、予定の地に来てしまえば、誰もが満足するのだ。

風が弱いので波は穏やかだった。見ていると波多田が裸足になって、海の中に入って行った。遠浅の海岸で引き波は強くなかった。特に心配はなさそうだ。

この人は他の人と異なる行動をとる傾向が強い。靖子は内心、またかという思いに駆られた。波に注意するよう促すのは控えた。口に出せば、また反論される。せっかく気持ち良く遊んでいるのが台無しになりかねない。子供ではない。分別はあるだろうと放っておいた。

「高森さん、綺麗な貝がありますよ」

高齢の女性入居者が靖子を呼んだ。

「あら、ほんと。大きくて立派な貝ですねえ」

女性は手にした貝殻を見せてくれた。

「でしょう。持って帰って部屋に飾りましょう」

「思い出になりますね」

「宝石の原石は落ちてないでしょうか」

「それはどうでしょうか」

「確か新潟の海岸では翡翠が取れるのでしょう。探す人が大勢いるそうよ。だったらこの辺でも見つかるかも」

「望みは持ってもよいですけど」

「けど？　望み薄なのですね」

「いいえ、否定はしませんが、まず見つからないでしょう」

「そうなのね。地形とか、取れない理由があるのですね」

「おそらく地質によるのでしょう。海岸と言わず、鎌倉の地で宝石が採れたという記録はないようですし」

「分かったわ、ないものを探すような無駄な努力はしない。貝殻に集中するわ」

靖子の解説に女性は宝探しを諦めた。

万が一がないとは言い切れないが、少なくとも今まで発見されていない以上、高望みというものだろう。有望な土地なら人の手でコツコツ探し回るより、重機か何かを使って一網打尽に掘り出しているはずだ。もっとも由比ヶ浜は観光地だから、景観を乱す行為は許可されないだろう。

「うわっ」

海の方で大きな声がした。

靖子が何事かと視線を向けると、誰かが水の中で転んでいた。

「まさか」

先程、波多田が海に入って行った。波打ち際から数メートルの所。靖子は声のした方へ走った。姿が大きくなると、倒れていたのは波多田だった。

「波多田さん」

靖子は波を掻き分けて近づいた。もう一人の職員もすぐに追いついた。一緒に手を差し延べる。一人が波多田の後ろに回って抱えた。

溺れてはいなかった。足を滑らせただけだった。すぐに助け上げたので波にさらわれずに済んだ。波も静かだったから沖へ引かれることもなかった。

「大丈夫ですか」

「しっかり」

口々に励ます。

幸い気を失ってはいなかった。ズボンの尻がびしょ濡れだった。寒い季節ではなかったから、凍えたりはしない。しかし濡れたままではバスにも乗れない。靖子は波多田を同行させ、海岸沿いの洋品店で着替えを一式用意した。

「冬でなくて良かったですね」

店員が言葉を沿えた。

真冬だったらどうなっていたか。もっとも冬に海岸コースは選ばないだろう。北鎌倉の社寺巡りのような行程が季節に相応しそうだ。

「済まなかった」

波多田が謝った。着替えたので落ち着きを取り戻していた。

「いいえ、大事に至らなくて幸いでした」

その時になって、靖子は自分も足元が塗れていることに気が付いた。靴は海に入る時に脱ぎ捨てたので無事だった。ストッキングが水浸しになってしまった。

「そのままでは冷えますよ。こちらの棚に陳列してあります」

店員が案内してくれた。

靖子も着替えてひと息ついた。

一行は海岸を離れ、待機していたバスに乗り込んだ。この後は海岸沿いの道路を走って紫園に戻る。

思わぬアクシデントがあった。靖子は旅行計画は、事故を予測して立てておく必要があるのだと、改めて思った。

「わたしが羽目を外したばかりに、皆に迷惑をかけた。済まなかった」

波多田がバスの中で謝った。

あんなに傲慢な人なのに、すっかり小さくなっていた。靖子は、人間は尊大にしていると、しっぺ返しがくるのかもしれないと思った。今後の紫園の運営にも当てはまることだと、思いを至らせた。

12

人の性格は余程のことがない限り、簡単には変わらない。

旅行から帰った当座は静かに過ごしていた波多田だったが、一週間も過ぎるとまた元に戻ってしまった。

「こんな薄味では不味くて食べられないぞ。醤油を持ってきてくれ」

特に食事の要求が強かった。

食べ物の恨みではないが、食べることは生きていくための根元だから、要求はストレートだった。

「健康のために薄味にしているのですよ」

「不味いものは不味い」

「塩分の摂りすぎは高血圧の原因になります。高血圧は動脈硬化や脳出血をもたらします。ですから減塩で健康にというのが、基本になっているのです。健康が第一です」

靖子がなだめた。

「わたしは旨いものをたらふく食って死にたい。いくら健康のためといっても、我慢した方が体に悪い」

「これは園の方針です。皆さん、薄味に慣れているのですよ」

「では、きみも平気なんだ」

「はい。わたしも馴染んでいます」

「わたしは馴染まないぞ。醤油をたっぷりかけて食べてやる。必ず醤油を置いておけ。味はわたしが調整する」

波多田は譲らなかった。あくまでも好みの味で食事をすると言い張った。

わたしが勤める前はどうだったのだろうか。今と同じように薄味だ、不味いと言い張っていたのだろうか。他の職員からは聞かされていなかった。だとすると、わたしにだけ注文をつけているのだろうか。

無理に押さえても、余計に反発されるだけだ。靖子は波多田の望みのままに食べてもらうことにした。濃い味だからといって、直ちに高血圧や脳梗塞になるものではない。いずれは病気が襲うかもしれないが、原因が食事なら自分で蒔いた種だ。本当はこのような考えを持ってはいけない。どこまでも寄り添っていくのが介護士の務めだ。

紫園の責任を放棄するつもりはなかった。やるべきことはやった。結果は自らが引き受けるものだ。

「しかし、きみもしつこいね。わたしはここで好きに暮らしたいだけだ。いちいち締め付けられるのはかなわない」

波多田が本音を漏らした。

誰だって自由気儘に過ごしたい。でも、ここは紫園だ。団体行動を前提として運営されている。我が儘をそのままにしたら、規律は乱れてしまう。気儘にしてよいが、全体の中の一人だとは忘れてほしくなかった。

波多田はおそらくワンマン社長だったのだろう。社員を思いどおりに動かす。その手法で会社を存続させてきた。顎で使うとまではいかないにしても、似たような指導指示だったと想像できる。

その姿勢からは、環境が変わっても抜け出せなかったようだ。力業で相手をねじ伏せる。思いのままに支配する。口出しさせない、意見を言わせない、腕力に任せた在り方は社長としては通用したかもしれないが、施設の中では容認されない。煙たがられる原因になっていた。

「どうして思う通りにしてはいけないのだ。人の尊厳を奪うのではないのか」

波多田が不満を見せた。

「ですが、あくまでも集団生活ですから、他の人とある程度は折り合いを付けていただきませんと。紫園としての運営が成り立ちません」

靖子は丁寧に説明した。

「ある程度は、だと？　ある程度とはどの程度なのだ。聞きようによってはどうとでも取れるではないか。今日は駄目でも明日にはよい、なんてことにならないか。どうだ、きみの都合のよい基準になってしまうだろう」

波多田が噛み付いた。納得できないのではなく、わざと混乱させているようにも思える。

確かに、ある程度とは都合のよい基準だ。曖昧さ故に解釈次第なところがある。ここの所を追求すれば、追求した者の基準に近づけられかねない。最後の最後に、見解の相違で都合よく片付けられてしまう。だから明確な基準を設けておく必要はあった。

しかし、明確な基準など定められるものなのだろうか。靖子は、考え直してみると、結局はある程度という曖昧さに集約されてしまうように思った。時速40キロ以下で通行せよというような、確定させた基準には馴染まない。それは大人の決着とでもいうべきものだろう。1プラス1イコール2という、かっちりした数式で表されるものでもなかった。

集団はかくあるべしと法則づけられない。例えば室温は20度にするとか、朝は7時に起床するとかのルールならば、明確な基準は設定できる。これに対して道徳的な意味で、お互いが気まずさを生じないようにするためには、人に依って気の持ち様が異なるため明確化されない。

「どうした、黙っていないで、ある程度とはこの程度だと断言してみたらどうだね」

勝ち誇ったように波多田が声を高くした。

「明確な基準はありません。波多田さんの満足する答えは見つかりそうにありません」

靖子は波多田の論理に合わせた。言わば花を持たせた形になった。

「そうだろう。ある程度などと、便利な言葉は遣わないことだな。普通の人には通用しても、わたしには通じない。常に正しい生活とは何かを求めているからだ」

「分かりました」

「理解したようだな。そうだ、紫園における人との関わり方の規則をつくったらどうだ。要するに憲法だな。紙に書いて壁に貼り出すのだ。目につきやすい所に掲示する。毎日見つめて頭に染み込ませる。ある程度なんてどうとでも取れる、守りたくてもどのように守ったらよいか分からない生活様式はなくなるだろう。まあ、その基準がつくれるかどうか、相当に苦心するところだろう」

「よい考えですね。やってみます」

靖子は提案を受け入れてこの話題から手を引いた。本当に基準がつくれるのか、そもそも基準があるのかは分からなかった。ここは幕引するのが賢明だった。

それにしても、こんな言葉一つにまで戦いを挑まれるとは。何だろう、この人は心が病んでいるのか、それとも満たされていないのか。あるいは頭脳が明晰すぎて議論を交わさないと気が済まないのか。

病気とはとても思えなかった。家族と切り離された毎日なので不遇をかこち、心の隙間を埋めるために攻撃的になっているのだろうか。

分析してみれば、このような心理状態が想像された。だとすると波多田だけでなく、他の入居者も本当の内面は隠されているのかもしれない。

表には出さないが、辛さとか息苦しさとかを抱えて日々を過ごしている。鬱屈した毎日だとしたら、いつかは捌け口を求めて暴発するかもしれない。

波多田常治は小噴火を繰り返して憤懣を鎮めている。その一方で鬱憤を溜め込んでいる人は、いつ火砕流を発生させないとも限らなかった。

靖子は、むしろ表面的には静かに暮らしている人こそ、不満の種を消滅させる対応が必要なのだと思った。施設の職員として、入居者に平穏な日々を送ってもらうために、対処しなければならない課題は、想像以上に多いことを知った。

13

いくら健康に気を配っていても、入居者が風邪をひいたり、高熱を出すことは、しばしばあった。

インフルエンザはワクチン注射で予防していたから、集団感染は防げていた。一人が感染すると、瞬く間に多くの入居者に伝染する。高齢のため体力的に丈夫ではなかったから、最も避けなければいけない事態だった。

いつものように靖子が部屋を見廻ると、波多田が寝床で休んでいた。昼に近い時間帯だった。

「波多田さん、どうなさいました?」

こんな時間まで寝床から起き上がらないとは。靖子は病気を疑った。

「いや。なに、力が出せなくて」

波多田が当たり前のように答えた。

「力が? 風邪かしら。お熱はありますか」

「分からない」

「心配ですね。お熱を計ってみましょう」

靖子は部屋に備えられた体温計で検温してみた。

計ってみると37度5分。波多田の平熱を1度超えていた。たぶん風邪だ。このまま休んで治るかもしれないが、やはり医師に診てもらわなくては。病気の前兆だとしたら、早め早めの処置が悪化を防ぐ。

「医者か、平気だよ。寝ていれば元に戻る。ちょっと疲れただけだ」

理由は分からないが、波多田は医師を嫌った。

「でも診てもらった方が安心ですから」

「だから、ただの風邪だ。医者にかかるほど悪くない」

「いいんですか。波多田さんが熱を出すなんて珍しいことですから、悪い病気が隠されているといけません」

「心配性だな。そんなふうに気を遣っていると、本当に病気になってしまう。病は気からだ。わたしは平気だよ」

波多田はあくまでも一時的な疲労だと繰り返した。

医者にかかると病気が見つかって、かえって具合が悪くなると考える人がいる。知らないから思い悩まず、平静でいられるという理屈だ。波多田もどうやらこのタイプのようだ。

本当に病気だったら、いくら入居者が拒んだからといって、放置した施設の対応不備を指摘される。靖子は医師に相談し、とにかく手当をしてもらうことにした。

一時間ほどして、いつも依頼している医師が往診に訪れた。波多田の部屋を案内する。

「波多田さん、徳井先生ですよ」

寝床の波多田に呼びかけた。

「呼んだのか」

波多田が部屋の入り口に顔を向けた。本当に医師が来るとは思っていなかったようだ。

「診てもらいましょうね。何もなければ安心ですから」

靖子は治療ではなく検診を強調した。

「お熱を計りましょう。先生の診断はその後です」

体温計を腋の下に挿して検温する。結果は37度2分。先程より3分だけ下がった。横になって安静にしていた効果が現れたものか。時間を空けてもう一度計ってみると、本当の体調が分かってきそうだ。

「休んでいれば熱が下がるではないか。大騒ぎしなくて良かったのだ」

波多田が勝ち誇ったように言った。

「ですから完全に元に戻すために、先生にお願いしたのです。駄目押しみたいなものですね。絶対に悪くしないぞという」

靖子は徳井医師を促した。波多田の言い分を聞いていると診察が始まらない。うっかりすると追い出されてしまいかねない。

徳井医師が聴診器を胸に当てて心音を聴き始めた。診断の第一歩だった。胸から背中へ、手順に聴診器を当てていく。

「どうでしたか」

医師が聴診器を仕舞うと靖子は訊ねた。

「軽い風邪の症状ですね。安静にしていれば二、三日で治るでしょう。高森さんが休ませたのですか」

徳井医師が職員の対応が早かったので、症状が進行する前で治まったと言った。

「いえ、波多田さんが体調が悪いので、自身で休むようにしたのです。わたしは起きてこないので、確認のため部屋に行っただけです」

「なるほど。しかし波多田さんは、起きようとしませんでしたか」

「はい。休んでいるところは見られたくなかったようです」

「人によっては弱みを見せられないと思うものです。波多田さんもその一人でしょうね」

「先生、よくご存じですね」

「わたしは紫園に呼ばれるようになって、かなり経ちます。その間、切れ目なく患者を診てきました。波多田さんは直接診察したことはありませんが、入居者皆さんの傾向は掴んでいます」

「波多田さんは入所して三年です。先生が診られたことはなかったのですね」

「波多田さんは年齢に違わず丈夫です。他の入居者が病気で診察したとき、健康状態を観察して分かりました」

「見ただけで分かるのですか」

「顔色とか動作で大体のところは分かります。もちろん診察しなければ本当のところは分かりませんが」

「でも、何というのかしら、そう、当たりを付ける、ですか。概ねの傾向は見通せるのですね」

「まあ、そうなりますか」

「すごい。専門の人の観察眼は素晴らしいですね。だとするとわたしなんか、見抜かれていますね」

「あなたは健康そのものです。そしてもっと大事なのは精神力です。簡単に言うと逆境に挫けない力です。あなたにはそれが備わっている。介護の仕事には適性があると言えるでしょう」

医師の褒め言葉に、靖子は居場所がなくなってしまったように感じた。こんなにに賛美されるなんて誇張し過ぎだ。わたしはただ、入居者が楽しく毎日を送れるようにと、それだけを願って応援してきただけだ。介護職員として普通に当たり前の仕事を行ってきたつもりだった。

どんな職業に就いていても基本は変わらないと思う。毎日、その時その時を着実に進む。要約すればこんなところだろう。褒められる程のものではない。

「先生は内科医でいらっしゃいますが、精神科の領域も診察できるのではありませんか」

靖子は自分のことより波多田への対応に悩まされてきたので、何かうまい対処法がないか訊いてみたかった。具体的ではないにしても、接し方の方向性が見えてくるのではないか。

「精神科は専門ではないですから、正しい診察はできないでしょうね」

徳井はあっさりと否定した。

心の中を探る精神科は風邪や腹痛を治す内科とは異なる。内科は体の不具合を元の健康的な状態に戻すものだ。

これに対して精神科は心の病という、患者一人ひとりが異なる原因で罹患した精神に対応する、極めて特殊な治療を行う。簡単に治療の方向性などとは問えないものだった。

靖子は波多田が精神疾患をきたしているとは思えなかった。頑迷な行動や言動をとられると、認知症の一歩手前だとか、生まれつきの性格によるものだとかの、安易な解釈をとりたくなるものだ。誤解が生じる原因となる。

「老いの一徹とかの、それらしい言葉で症状を当てはめようとしても、観察が足りませんね。ある一定の期間、患者さんを見つめていないと、本当のところは分かりません。精神を病んでいるとは断言できません。現状で言えるのはこのくらいです」

徳井医師は靖子の心配を浅知恵と一蹴はしなかった。

病気と断定して精神科の治療を施すのは、良策ではないだろう。何より精神障害と診断されれば、本人には相当の衝撃になるだろう。単なる頑固者に当たり障りなく接していれば、事は済む。病人にしてしまうのは過剰反応だった。

「済みません、わたしが軽率でした」

靖子は謝った。

「いえ、何とかしてやりたいという、思い遣りの現れですよ。決して非難されるものではありません」

徳井は熱心さのあまりだと答えた。

「わたしが介護に精通していれば済むことでした。まだまだ未熟ですね」

「人間、皆そんなものです。わたしが内科医として完璧かといえば、やはりまだまだ未熟と答えざるを得ません。一人ひとりの患者さんに対して、一件一件治療の知識が増えていく。この積み重ねです。歩みは遅いかもしれませんが、着実に未来に向かっています」

未来。そうか、未来なのだ。高齢者故、先は短いかもしれないが、未来は持っている。その未来を担うのがわたしなのだ。

靖子は今まで遣ってこなかった未来という言葉を発見して、先行きの見通しが開けた気がした。

14

年齢を重ねていくと、次第に運動量は減少する。気持ちの上では体を動かさなければと分かっていても、実行するのは難しい。あとで、明日で、来週でと、ずるずる先延ばしになっていく。結局は気力を失って動かなくなるのだ。

「運動の時間をつくりましょう」

靖子は所長に提案した。

「運動ですか。ラジオ体操は行っていますね」

「それは続けます。でも、もっと楽しい運動でないと興味を持ってくれません」

「すると、高森さんには何か具体的な案があるのですね」

「ひとつにはボール遊びです」

「ボール？　野球とかサッカーのような球技ですか」

「いえ、そんなに激しいスポーツでは、お年寄りには無理です。若いときに選手だったら楽しめるでしょうが、そうでないと置いてきぼりにされてしまいます」

「では、何を？」

「カーリングです」

「カーリング？　氷の上の競技ですね。紫園には氷のリンク設備はありませんよ。しかも冬しかできないでしょう」

所長が首をかしげた。

「いいえ、室内の床の上でできる道具があるのです。氷上のゲームと違って、ストーンを投げるのは全員になります。刷毛で氷をこすることもしませんから、ストーンのコントロールはできません。円の中に投げるところは同じです。円の中心に近いストーンの得点を競うのも同じです」

靖子は床上カーリングを説明した。

「すると、運動といっても走り回るわけではないか。カーリングなら得点を競う競技なので、競争する楽しみはありますね」

「高齢者にはちょうどよい運動になります」

「確かに高齢者向きですね」

「是非、お願いします」

「カーリングのストーンはかなり高額だと聞いている。予算の関係もあるから、値が張るようだと手が出せないが」

「いえ、これは二、三万円程度なので、負担は小さくて済みます」

「だからカーリングを始めようとしたのですね」

「はい。予算的にも適切だと思います」

所長の許可は得られた。靖子は早速道具を買い揃えて、ゲームを開始させるため、入居者一人ひとりに伝えて参加を促した。

「楽しいゲームですよ。疲れるような運動ではありません。是非、試してください」

靖子は運動する意義を強調した。散歩しているから平気と断る人もいた。無理強いは禁物だった。散歩のほかに運動したくなったら参加して欲しいと伝えた。あくまでも楽しいゲームだからと、運動効果は控えた。

「ボッチャとは違うのだね」

ある入居者はパラリンピック競技をテレビ観戦していたので、興味を示したものの参加は拒んだ。ボッチャは元々が身体障害者のために考案されたスポーツだった。床上カーリングも同類だと思って、障害者扱いされたくないというのが拒否の理由だった。

人間、プライドは傷付けられたくない。自分は歳を取っているが健常者そのものだ。弱者のためのスポーツに加わるほど耄碌していない。はっきりと口に出したのではなかったが、言葉の外でプライドを感じ取れた。

靖子はこだわらなくてよいのにと思ったが、個人の感情には踏み込まなかった。

「波多田さん、どうでしょう。床上カーリングなのです」

靖子が次に向かったのは波多田だった。

「スポーツだと」

波多田が何事かと問い直した。

「運動しないと体も鈍ってきますし、軽いゲームで過ごすのも楽しいかと」

「それでカーリングか。そもそもスポーツなどというものは、限界まで体を駆使しようとするから意義がある。マラソン、百メートル走、棒高跳び、サッカー、ラグビー、皆、身体能力の全てを出し尽くす。故に、競技者本人も観戦者も感じるところがあるのだ。床上カーリングに身体能力を出し切る要素があるのかね」

やはり波多田常治は独自の理屈をぶつけてきた。納得しないと認めない。というより、認めないための理由を捻り出しているようだ。

この反応が返ってくるのは、最初から分かっていたことだ。だから参加を募らなくてよかった。しかし、本当に敬遠したら、除け者にされたと大騒ぎされかねない。それこそ所長に怒鳴り込まれる。問題を大きくするだけだった。

「皆さん、やってみようという人も多いです。どうでしょう、一回だけでも試してはいかがでしょうか」

妥協した形で参加を促した。

「一回だけだと。一回も二回も同じだ。どうせつまらない」

「やってみなければ分かりませんよ。思ったよりも楽しいかもしれません。最初から否定しないでください。ものは試しですから」

靖子は食い下がった。

いつもならあっさりと引き下がるところだ。そうしなかったのは、波多田が他の入居者から孤立していたからだ。性格にもよるが、融け込まない人はどこにもいる。そのまま放っておけば益々孤立し、他と交わらなくなっていく。

紫園は団体生活を前提とした施設だ。せっかく縁があって入居してきたのだから、孤独のまま過ごしてほしくなかった。

靖子が床上カーリングを思い立ったのは、波多田を引っ張り出すためだった。波多田が他の入居者と共同参加するイベントはないか、あれこれ思いを巡らせた結果が床上カーリングだった。旅行とは違う。旅行は毎日はできない。室内スポーツならその気になれば、いつでもできる。

それなのにターゲットの波多田に拒否されてしまっては、立つ瀬がない。

「わたしは一人の方がいいんだ。孤独など感じない。むしろ大勢の中にいるほうが孤独なのだ」

波多田が拒否する理由を言った。

やはり普通に考えられる理由とは異なっていた。

大勢の中の方が孤独。言われてみれば真理のような気がする。人によって感じ方が異なる。しかし、靖子には異常に写った。

鎌倉海岸のバス旅行には参加したではないか。あの時はどうだったのだろう。

それほどまでに一人を求めるのか。なにか無理をしているようにも思える。若いうちなら孤独も悪いとは言い切れない。若さ故の発展性がある。八十を越えた波多田のことだ、もっとくだけた心の持ち様が似つかわしい。年齢を重ねた柔軟性があってよい。頑な心は自分を狭くしてしまう。せっかくの独自性が共感できないものになってしまう。他の人に受け入れられないのは哀しい。

競技を見れば心が変わるかもしれない。ゲームに参加しなくとも、皆が興じている姿を目の当たりにすれば、拒絶反応はほぐれるのではないか。

靖子は波多田に構わずゲームを進めることにした。

数日後、賛同する入居者を集会場に集めて、床上カーリング大会を行った。床に専用のマットを敷く。ストーンの的になる円が描かれたシート。目標の円は氷上のカーリングよりずっと近い。およそ8メートル程の先を目掛ける。ストーンの下から空気が吹き出されて微かに浮き上がり、シートに密着して摩擦によるブレーキがかからないよう、工夫されている。投げるのに大きな力は要らなかった。

ゲームは女性軍と男性軍に分かれて行った。最初は男性軍が先行だった。競技の特質上、後攻めが有利になるからだ。何度か練習して投げ方のコツを掴んでもらった。男性軍にはスポーツ経験者が多く、円の中心近くに投げる者もいた。これに対して女性は、円の近くへ投げられる人は少なかった。

一回戦は男性軍が勝利した。勝ち負けではなく、初めての体験だったので参加者全員が喜んだ。

二回戦は靖子の提案で、女性は的に1メートル近づいて投げることにした。男女差のハンデを付けた。ゴルフでも非力な女性は、ティーショットが男性よりグリーンに近い。ゴルフの応用だった。

敗れた女性軍を後攻にして二回戦を開始した。結果は女性の勝ち。靖子のアイデアが勝利をもたらした。

波多田には見るだけでよいからと靖子が誘っていた。開始からしばらくは観戦していたが、一回戦が終了したところで姿を消した。自室に戻ったようだった。

競技には加わらなかったから興味を失ったのか、元々気乗りしなかったので飽きてしまったものか。靖子は足を運ばせただけでも収穫だと思うことにした。まだ始まったばかりだ。二度、三度と繰り返しゲームを行えば、もしかしたら自分もストーンを投げてみたいと、考え直すかもしれない。靖子の狙いもそこにあった。波多田の参加を辛抱強く待とうとした。

「どうですか、見ていて面白そうだったのではないですか」

夕食時に食堂に集まった時、靖子は波多田に感想を尋ねた。どのような反応が得られるか。

「カーリングか。まあ、あんなものだろう」

波多田の返事は素っ気なかった。

「あんなもの？」

簡単なコメントでは先が続かない。

「そうだ。競技自体が単純だからな」

「ですから誰でも競技に加われるのですよ。複雑だったら気が引けるでしょう」

靖子は単純という感想では済まさないと、しつこく食い下がった。

「それもそうだ」

「次回は実際にストーンを投げてみましょうよ。きっと楽しいです。スポーツは得意だったのではありませんか」

「いや、得意というほどではないが。どうして得意だと思うのかね」

「体型が引き締まっていますでしょう。その年齢で贅肉がついていないのですもの。スポーツで鍛えたって感じがします」

「その歳か。まあ、そうだよ、その歳だ。わたしがやっていたのは陸上競技だ。１５００から５０００メートルの中距離を走っていた」

「選手だったのですか」

「選手だった。しかし弱い選手だ。箸にも棒にもかからない」

「選手の経歴があるのなら、カーリング姿を見ると体が疼くのではありませんか」

靖子は競技に引きずり込もうと、参加を促した。

「高校生の頃だ。それから何年経っている？　六十年、いや六十五年か。昔も昔、大昔のことだ。今更スポーツに興じようとは思わない」

その手には乗らないとばかりに、波多田はカーリングはやらないと拒否した。

そんな筈はない。昔取った杵柄、スポーツを見れば自然と体が反応するものだ。靖子は波多田の本音は競技への参加だと感じた。それなのに拒絶する理由は何なのだろう。敢えて孤高を貫こうとする、ひとつの美意識みたいな信念があるのだろうか。朱に交わらない生き方。それが波多田の人生観なのかもしれない。だとすると、床上カーリングへの参加は望むべくもなかった。一人で生きていこうとする姿勢からは、集団への関わりは打ち消される。

けれども紫園は、集団生活を基本とする高齢者施設だ。部屋はそれぞれに一室が用意されているが、食事は食堂で摂る。生活の重要な時間を集団で過ごし、孤立を避けられるように図っている。実際に波多田も定められた時間に食堂に足を運び、集団で過ごしている。限られた時間帯とはいえ、他の入居者と同じ生活を送っているのだ。にもかかわらず、食事以外の場では、接点を持とうとしなかった。

一筋縄ではいかない。靖子は本当は放っておけばよかった、無理に交流を求めなくてよかったとも思ったが、融け込んでほしいという気持ちは変わらなかった。

カーリングが駄目なら何があるだろうか。普通に思いつくのは囲碁将棋だった。波多田のような人は、きっと知的ゲームに打ち込んだ経験があるのではないか。肉体の運動ではなく頭脳の運動。中距離走の選手だったというが、社会人になってからは遠ざかった。競技と呼べるものなら勝ち負けのある囲碁将棋が馴染み深い。

靖子は入居者の中に、囲碁を趣味とする人を探してみた。男性だけでなく女性も。むしろ女性の方が都合が良さそうだ。男同士だと勝負に拘って熱が入り過ぎるかもしれない。その点、相手が女性だと勝ち負けで極端に張り合ったりしなさそうだ。

きっとうまい方法だ。入居者を探したところ、一人の女性が囲碁を打っていたと答えた。入居して数年の大森幸子だった。この人にお願いしよう。靖子は早速所長に伝え碁盤を挟んで対局してもらうことにした。女性は初段の腕前だと言った。初段なら相手に困らない。初心者に対しても指導できるし、強豪の打ち手にもそれなりの相手ができる。

波多田は靖子の思った通り三段の腕前だった。強くなるためには多くの対局をこなさなければ上達しない。どのような相手とも対局し腕前を上げていく。上級者、中級者、初心者。色々なレベルの相手と打って、初めて自分の棋力に生かされていくものだ。

波多田の現在を見たときに、大勢の人と打っていたとは考えにくかった。どうして、そしていつから孤立を選んでしまったのだろう。

一局打ってみると、段の違いが勝負に現れた。最後まで打たず、対局の途中で大森が投了した。

「お強いですね」

大森幸子が感心して波多田を褒めた。

「いや、それほどでもないな」

波多田が謙遜した。

「近いうち、また打ってください」

靖子はせっかく始めたのだから、囲碁を施設に広めようと思った。

「大森さんのお友達で、囲碁を始めてみたい人はいませんか」

靖子は囲碁仲間を増やしたかった。

「正木さんならやれるかしら。たぶんルールを知っているだけで、試合はしたことがないでしょう」

大森は入居者の一人の名前を挙げた。

「ルールを知っていれば十分ですよ。教えてあげればどんどん上達するでしょう」

「聞いてみますね」

大森は積極的だった。

靖子は初心者にはハンデを付けて打ってあげると聞いていた。波多田が指南役になれば上達は早そうだ。

「わたしは教えるのはニガ手だ」

波多田は靖子の提案をあっさり断った。

「ハンデでも何回か打っていくうちに、形ができていくと思いますが」

「いや、指導はよそう」

上手な相手と勝負して技を吸収する。何よりも上達の近道だ。その申し出を波多田は承諾しなかった。三段の実力なら、黙っていても教えたがるものではないのか。靖子は思惑が外れて落胆した。

三段ともなれば、対局相手を求めて囲碁道場に出掛けるとか、具体的な行動をとりそうに思える。靖子が知る限り一度もなかった。当然、施設の中でも見かけない。でも囲碁は手ぶらで出ても困らない。釣りなら釣竿が必要だし、野球ならグローブとバットが欠かせない。盤と碁石が用意されているところなら、道具は持ち歩かなくても打てるのだ。

きっとこれだな。行き先を告げずに出掛けていたのは、囲碁対局のためだったのかもしれない。今度出た時に、こっそり後を追いかけて確かめてみようか。でも外の世界で囲碁を打っているのなら、それはそれで心の支えになっているはずだ。

孤高の波多田に心を許す相手がいるとすれば、むしろ喜ばしいことだった。

それなのに、施設の中ではどうして孤立しようとするのか。同じ釜の飯を食うのだ。古い言葉だが、打ち解けた仲間意識を持ってよいはずだった。

共同を拒む心の動きがどこから来るのか。靖子は知りたかったが、心の内のことなので分かるはずもなかった。

諦めずに探し続けていればよいのだ。いつの日か理由を知る時がくる。今はそう信じていよう。無理に心をこじ開けようとして、疎まれてはいけない。靖子は波多田の方から向かってくることに期待した。

15

食事は毎日の楽しみだ。そして食事の内容も楽しみを持続させるために大切だった。健康維持のためにはカロリーの摂りすぎは禁物だ。調理師が食材を計算して、メニューを考える。特に高齢者は肥満体になると、病気が発生しやすくなりがちだ。大きな原因は糖質の過剰摂取だった。

靖子が毎日目を通す新聞記事に、糖質カットダイエットが紹介されていた。

「これかしら」

糖尿や高血圧は糖質制限である程度防げる。要約すると記事の内容はこうだった。

施設の料理は専門の調理師がつくっている。健康に配慮した食事が出されていた。調理師だから糖質オフという考えは知っているだろう。靖子は知らないはずはないと思ったが、確認しても非難されるものではない。自分が家で料理する時にも参考になるので、思い切って尋ねてみることにした。

「糖質オフですか」

調理師の野木松子が答えた。

野木は四十歳で、紫園の開設時から調理を担当していた。

「太り過ぎが病気を引き起こすと聞いたものですから」

靖子は新聞記事を読んだと説明した。

「太り過ぎは常識的に言って不必要な肉がついているわけだから、健康に悪いのは分かりますね。特に糖質は贅肉に直結します」

野木がもっと分かりやすく話してくれた。

「やはり気を配っていただいていたのですね」

「そうですねえ、神経質になるほどではなかったですね。あなたからすると、わたしは調理師失格かな」

「そんな」

「いいえ、確かに糖質を摂り過ぎないのは大切な要素です。調理の要点かしら。せっかく伝えていただいたのだから、今後は注意することにしますね」

「糖質が多く含まれているのは、どんな食品になりますか」

「米、じゃがいも。要は炭水化物ですね」

「肥満予防には食べてはいけないのですか」

「いいえ、そんなことはありません。第一、お米やパンを食べないでいられますか。主食だから殆ど毎日食べていますね。紫園の食事にも必ず出ています。大切なのは沢山食べないことです。今までよりも少しだけ量を減らす。この食べ方で中性脂肪が減ります。食べてはいけないなどと雁字搦めにするのではなく、少し減らす。すると沢山食べたという満腹感がなくなりますから、その分他の食品を食べて補うようになりますね。他の食品も糖質オフ化すれば不必要な糖質を摂取しなくなって、中性脂肪を減らせるのです。ただし、紫園では糖質オフは行っていません。カロリー制限だけです。オフにすると高齢者は騒ぎますね。ご飯を食べられなくなるのは辛いでしょう」

野木は簡潔に糖質オフを説明した。

靖子は一度だけでよいから、糖質オフの食事を試してほしいと依頼した。健康のためという理由なら、入居者はきっと同意してくれる。

「どうでしょうねえ」

野木は最初は渋っていたが、靖子の熱意に負けて糖質オフの料理を出すと約束してくれた。実行に移されれば施設の料理を参考に、自分の家庭料理に応用してみたい。靖子は楽しみが増えて嬉しかった。

「糖質オフだと？」

次の日の食事時に、靖子は波多田との会話の中で糖質を話題にした。調理師の野木から教わった、肥満のメカニズムを話した。

「全く食べるなと言うのではないのです。今まで食べていた食事から、糖質を10パーセントくらい減らすだけで効果があるというのです」

少しの工夫だと強調した。

歳を取ると変化を嫌う。それが食べ物のことになると、なおのこと敏感になるものだ。今までの食事習慣を覆す。今更変えなくても、というのが本音だろう。

「そんなことをして、食べた気がしなくなったらどうする」

波多田はいつものように、まず反発から始まった。

「いいえ、量ではなく質をかえるのです。満腹感をなくすことはありません」

「都合のよいことを。では、どうやったらそれが実現できるのだね」

反論の次は追求に移る。

「例えばご飯でしたら玄米を加えます。ご存知のように、玄米には白米と比べて栄養素は豊富ですし、よく噛んで食べる必要がありますから、咀嚼しているうちに満足感が得られます。パンも食パンではなくフランスパンのように、噛みごたえのある食品に変えれば、やはりよく噛まないといけませんから、食べたという満足感に繋がります。決して量を減らそうというのではありません」

靖子は、それこそ噛んで含めるように説明した。

「ふん、言い訳みたいだな。思いどおりにいくかな。食べ物の恨みは怖いぞ。せいぜい気をつけるんだな」

聞き様によっては捨て科白だった。

波多田は食べたいものを食べるのが全てだと言った。人生の残り時間は少ない。八十歳まで大病もせずに生きてきた。生き抜いてきたと言ってもよい。だから今更、糖質だのカロリーだのと持ち出されても、余計なお世話にしか見えないと言うのだ。

靖子が紫園の職員になる前から食事はカロリー制限を行っていた。糖質オフは靖子が発案したことだった。調理師の野木松子は、カロリーの摂り過ぎにならない食事を提供していたと言った。

はっきり伝えたのは靖子だったから、波多田は靖子が主導して糖質オフを進めようとしたと思ったのだろう。

食べたいものをたっぷり食べたい。糖質など減らすことはない。不味いものを食べさせられるのなら、健康などどうでもよいから旨いものをたらふく、という気持ちになるのだろう。

靖子は高齢者が何より健康でいてほしいと願っていた。

「きみが糖質オフを仕掛けたのか」

波多田が迫った。

「仕掛けた？　いえ、そんなつもりはありません」

「では誰だね。誰が始めようとしたのだ」

「わたしが提案して、調理師の野木さんが同意してくれたのです」

「やはりそうか。実際はきみだな。糖質がどうのなんて言い出しそうなのは、きみしかいない。そして我々には黙って始めたというのだな」

「野木さんがカロリーを抑えることは話したと言ってました」

「カロリー制限は聞いた。肥満防止のためだとも言われた。しかし、糖質オフで不味いものを食わせるとは言っていないぞ」

「不味いものだなんて、そんな料理を出す調理師なんていませんよ」

「しかし、現実に不味いではないか。そんなものを食べていたら、かえって病気になってしまう。そうなったらどうする。きみのせいでみんなが具合が悪くなったとしたら、お詫びのしようもないではないか」

波多田が鬼の首を取ったと言わんばかりに畳み掛けた。

「そんな、大袈裟に言われましても」

「大袈裟ではない。本当に病気になるぞ」

「でも健康を考えての料理ですから、病気になんてならないですよ」

「勝手な理屈を並べて煙に巻こうとするのか。その手は食わないぞ」

波多田はあくまでも、食べたいものを食べたいと言い張った。

頑なまでに自説を主張する。今に始まったことではなかった。運動の時もそうだったし、テレビのチャンネル争いもそうだった。

放っておくしかないのかな。靖子は共同生活の場としての秩序を求めたのだが、聞き入れられることはなかった。同調してもらおうとすればするほど、波多田は頑固になった。

一人だけ除け者にはなるが、他の入居者に不満が溜まらないように対処するのも必要だった。全部が全部、足並みが乱れては、施設の機能が果たせなくなる。

でも、放逐はできない。どうするのかな、付かず離れずか。そんな接し方もある。

靖子は、当面は見限らず、且つ懐柔もしないで見守るのだと決めた。本来ならばあるべき姿ではないが、この場合やむを得ない措置だと思った。

16

介護施設がどのように運営されているのか、テレビ局が実態の取材を求めてきた。

所長はテレビ番組で紹介されると、紫園の評判が上がると考えて取材に同意した。打算的な思惑はあったが、運営責任者としては渡りに船の意味合いもあった。

テレビの影響力は大きい。介護に熱心な良質の施設と報道されると、入居を希望する人も増える。願ったり適ったりの状況が生じる。

取材にはアナウンサーとディレクター、それにカメラマン他の5名が訪れた。

所長がインタビューを受け、施設を案内して回った。靖子は所長の隣に付いていた。補佐役になる。

所長は紫園の開設の時から現在までの推移を、手際よく説明した。靖子が職員になる前のことも話したので、靖子には初耳の経緯も多かった。

施設の内部を案内した時、靖子は波多田の姿が現れないよう願った。まさかとは思うが、紫園にとってマイナスのイメージになる話などされないか、懸念したからだ。

心配が取り越し苦労になることは、しばしば起こる。食堂を案内した時、テーブルに波多田が付いていた。

「入居されている方ですか」

アナウンサーが訊ねた。

所長はそうだと答えた。

「インタビューしてよろしいですか」

アナウンサーは直接、入居者の声を聞き出そうとした。

「人によっては嫌がるかもしれません」

靖子は、なるべくなら避けてほしいと、遠回しに拒否した。

他の入居者なら、おそらく入居して良かったという声が出る。しかし波多田は何を言い出すか分からない。それ故、制限を加えようとしたのだ。

「確かに。嫌がる人はいらっしゃるでしょうね。了解しました。オーケーをもらった人だけインタビューすることにします。放送の時、顔はぼかすようにします」

アナウンサーは理解してくれた。プライバシーは何より優先されるものだ。

「わたしがインタビューする人を選んでよいですか」

靖子が提案した。

「よろしいですよ。わたしが一人ひとり許可をもらわなくて済みますものね」

アナウンサーが賛同した。

靖子は食堂にいた一人の婦人を紹介した。長く入居している人で、規則正しく暮らしていた。

婦人は靖子が期待したように、当たり障りなく答えていった。こういう場合、過激な発言はしないものだ。他にも数人の入居者にインタビューがなされた。いずれも無難な受け答えで、施設の暮らし易さを話してくれた。

靖子は紫園のイメージアップに繋げられたものと安堵した。

予定の取材を終えてテレビ局のスタッフは帰っていった。ディレクターが二週間後に放送枠を取ってあると伝えてくれた。介護の特集番組の中で紹介するので、紫園だけが報道されるのではなかった。他の幾つかの施設も、併せて編集される。

一時間枠の番組だったから、かなり本気で介護の現場を取材したようだ。高齢化社会に人々がどのように対応しているか、問題点は何か、解決策は何があるのかを、真摯に取り上げようとするものだった。

靖子は自分達が問題解決の一翼を担っていると受け止めて、真剣に介護現場での職責を果たさなくてはと思った。同時に、どのように編集されるのか、楽しみだった。

「テレビ局は帰ったのかね」

いつの間にか波多田が側に立っていた。

「無事、終了しました」

さりげない口調で靖子は答えた。

「ひと言、言いたかったのだが、わたしのところには来なかったな」

「インタビューする人は無作為に選んでいたようですから、目に止まらなかったのかもしれません」

「そうか、運が悪かったか」

「たぶん、そんなところでしょう」

「残念だな。わたしの意見を聞けなかったのは、テレビ局も惜しいことをした。きっと番組も、当たり障りのない、綺麗事で纏めるのだろう。インパクトのない、つまらない内容だな」

「介護施設の現状と問題点という主旨だそうです」

「視点はよさそうだな。しかし、現状も問題点もわたしの視点で捉えたら、びっくりする放送になったのだ。腫れ物に触れるような、うすぼやけた取材では介護の真実は伝わらないぞ」

「みなさん、きちんと答えていました」

「きちんと？　そんなものではないだろう。紫園に都合のよいことしか話さないはずだ。うっかり、ここが問題ですなんて答えたら、いつ施設を追い出されるか分かったものではないからな。違うか。介護士の皆さんがよくやってくれています、なんて歯の浮くような褒め言葉しか言わないだろう」

「本音だと思いますが」

「どこが？　だから歯が浮くと言っているのだ。ズバッと指摘できる者は誰だ。わたしの他には誰もいない」

「不満に思っているのですか」

「わたしには失うものは何もない。今更周りに合わせるつもりもない」

「せっかく紫園に入居したのですよ」

「わたしが駄目なところを指摘するから、施設側が正そうとして住みよくなるのだ。大満足ですと入居者に口々に言われたら、もっと良くしようと思うか？　思わないだろう。だからわたしは紫園のために、非を顧みずに口に出すのだ。感謝されこそすれ非難される覚えはない」

波多田は我こそが正義の味方だと強調した。それは強調と言うより、吠えたとでも言うべき主張だった。

「波多田さんの言いたいことはよく分かります。施設のあり方を改善したいという気持ちが強いのでしょう」

靖子はなだめるように言った。

うっかり反発して、火に油を注いではいけない。ここは冷静さを取り戻してもらわなくては。

「そうだとも。改善なくして進歩なし。わたしは心を鬼にして言っているのだ。ぬるま湯に浸かっている人間に熱湯を浴びせる。誰もがやりたくない役割を、わたしが敢えて演じているのだ」

咆哮は止まらなかった。なだめたはずなのに、結果的には焚き付けてしまった。火吹き竹で風を送ったように、火勢が強くなってしまった。

靖子は返す言葉がなかった。何か口に出せば逆手に取られる。

波多田の言い分は決して的外れではなかった。一理ある。不備を指摘しなければ正そうとはしない。しかし余りにも強く主張されると、改善しようとする心が折れる。投げやりな気持ちになりかねなかった。

施設の運営者がその気になるように、うまく伝える技術が欠かせない。丸め込むというのか、懐柔するような雰囲気があってよい。事を成すためには老獪さも必要だった。

「よく分かりました。では波多田さんの考える改善点を書き出してくれませんか。そうですねえ、箇条書きにしていただけると一目で分かります。その中ですぐできることと、時間をかけて直していくことが示せますね」

靖子が波多田に提案した。もしかしたらこの策が、波多田に対する懐柔策なのかもしれない。

そうだわ、施設を上手に運営していくためには、自分自身の老獪さが必要なのかもしれない。押したり引いたりというような、そういう対処が有効な方法なのだろう。

17

結局、波多田は箇条書きを出してはこなかった。吠えたことで満足したものか、おそらくそこまでしなくてもと考えたのだろう。

実際のところ、靖子は波多田の性格から提案はしないと予想していた。

もちろん箇条書きの要求を出さないからといって、波多田が日頃感じているはずの改善点を、無視するつもりはなかった。口に出したことの中には、すぐに実施してよいこと、実行できることがあったからだ。

入居者の中には日常生活に支障を来している人も何人かはいた。当然、介護士が代わって行うか、手助けすることになる。

袖のボタンが取れている人がいた。そのままでも過ごせるが、だらしなくなるので靖子は付けてあげることにした。

「佐久間さん、ボタンを付けますね。他のシャツに着替えたとき、わたしに預けてください」

佐久間は脳梗塞の後遺症で手足が麻痺しており、リハビリに取り組んでいた。軽度の症状だったので杖を突きながら歩くことができた。さすがにボタン付けまでは、指先の自由がきかず無理だった。

靖子は次の日、ボタンの取れたシャツを受け取った。取れたボタンはなくなっていたが、シャツの裏側に補修用のボタンが用意されていたので、同じものを探さずに済んだ。あとは手慣れた裁縫の技になる。

「はい、できました。今はまだ平気ですが、寒くなると袖口から風が入って冷えますね。こんなところから風邪を引くこともあるのですよ」

「そうですか、助かりました」

佐久間は礼を言った。言葉はポツリポツリと片言のようだったが、意志はハッキリと伝わる。

「他にはボタンの取れているお洋服はありませんか。あったら付けますから、持ってきてください」

本人は案外気が付かないものだ。高齢になるとその傾向が強くなる。周りのものが気を配ってあげることが必要だった。

靖子が食堂に来ると、波多田が椅子に座っていた。昼食にはまだ早かった。コーヒー、紅茶はいつも用意されていたから、喉を潤しに来たのかもしれなかった。飲物に注文をつけたのは部屋に運んであげたときだった。今は自分で選べる。

高齢者には水分が欠かせない。とかく億劫になって自分で用意しなくなりがちだった。紫園ではセルフ形式にはなるが、飲み物を用意していたのだ。

波多田はただ座っているだけで、コーヒーカップはテーブルに置かれていなかった。

「波多田さん、休憩ですか」

靖子は声を掛けた。

「ああ、部屋にいてもつまらないのでね」

波多田が顔を上げた。

「テレビを点けましょうか」

「まだニュースの時間ではないだろう」

「では、お昼近くになったら点けますね」

「そうしてくれ。ところで、さっき佐久間のボタンを付けていたな」

「佐久間さんは手が不自由ですから」

「そうだったな。しかしきみも大変だな。細かいところまで面倒をみてやるなんて」

「これも仕事ですし」

「わたしはこう見えて、ボタン付けくらいはできる。他にも家事全般は、そこそこやっていたしな」

「お料理もですか」

「そうだな、メニューは少ないが、そこそこだ」

「まあ、素晴らしいですね。お料理するなんて」

「だから、メニューは少ないのだ。大体七種類しかできない」

「そんなに。多いではないですか」

「七種類というのは一週間分だ。月曜は何、火曜は何と決めておけば、毎日違った料理が食べられる。毎日カレーでは飽きてしまう」

「よく考えられていたのですね」

「考えたのではないよ、必要に迫られてのことだ」

「迫られたのですか」

「まあ、そういうことになる」

「波多田さんが迫られるなんて。迫る方だとばかり思っていましたけど」

「わたしだって弱いところはある」

「弱いところですか。それはどこでしょう?」

「そいつはわたしの暗部になるか。むしろ恥部と言ったほうが当たっているかな。だから秘密だ。人には話せないことだ」

波多田は口をつぐんだ。よほど隠しておきたい何かがあるのだろう。

靖子は心の内を察して、それ以上追求しなかった。長く生きていると恥をかくこともある。その恥を取り戻そうとして生きていく。波多田もきっと同じような気持ちで、生き抜いてきたのかも知れなかった。

「しかし、ボタン付けか。佐久間は手が不自由だから気の毒だな。リハビリに励んでいるようだが、元に戻るのは至難の業だ。かといってリハビリを諦めたら希望もなくなる。元の姿には戻らないまでも、限りなく近づけたいだろう。つまりリハビリが生き甲斐になっているのだ」

同情するのではない。むしろ応援になるのか。靖子は波多田にも、このような優しい面があったのだと嬉しくなった。ほっとしたというのが正直な気持ちだった。

「人間というものは必要に迫られて事を起こす。迫られないと何もしない。だから、わざと自分を追い込むようにしないと、いけないのかもしれない。そんなところがあるな」

達観したように波多田が言葉を繋いだ。

恥部になるからもう話さないと言ったはずだが、きっと隠しておきたいが、知ってほしいという心の動きもあるのだ。隠しているのは辛い、さらけ出してしまえば楽になる。

「辛い思いは皆持っていますでしょう」

靖子が気遣った。

「もう何年になるかな。うちのヤツが家を出ていってから」

靖子の気遣いが逆に話す気を起こさせたようだ。

「奥様が？」

靖子は波多田夫人が家を出たことは知らされていた。何故とか、出て行ったいきさつは知らなかった。

「そうだ。いや、奥様なんて美しい言い方をされると困る。うちのヤツで十分だ」

「出ていったと言っても一時的なものでしょう」

「何年になるかと言っただろう。気まぐれではないのだ。要するに本気だった。荷物を纏めて出て行ったのだからな」

「どこへ行かれたのですか。行く当てがありますでしょう」

「それが全然なかった」

「奥様の実家とか」

「あいつはそんな単純な女じゃない」

「探さなかったのですか」

「探さなかった。どうせわたしからは離れられないと、高をくくっていたからな」

「でも、戻らなかったのですね」

「三日、三月、三年。全く行方知らずだ。本当に本気だったのだ。だから必要に迫られて、料理もボタン付けもできるようになった。その意味では、むしろ感謝しなければいけないかな。そもそも、うちのヤツなんて言ってるから出て行ったのだな」

自嘲するように波多田が言った。

思わぬ家庭の事情を知った。靖子は、日頃波多田が難癖とでも言うべき言動を繰り返すのは、夫人が家出したという背景があってのことではないかと思った。

弱気を見せないため強がっていたのだ。きっとそうだ。だとすると波多田への対処の仕方は変えなくてはいけないか。

遠巻きにするのではなく、懐に飛び込む。恥部をさらした以上、拒絶はできないはずだ。逆に靖子が波多田の弱みを握ったといってもよかった。

いや、そんな卑しい心ではなく、本気で介護に努めよう。波多田の心を更に開かせる。

靖子は介護の王道みたいなものが見えたように思った。

18

紫園を取材した内容が放送された。地方局の番組だったので視聴率はそれほど高くはない。けれどもテレビ放送されるのは心が踊った。

放送時間は夕方六時からのニュース特集の中だった。ニュースは注目される。特に地域の話題は人気が高かった。

報道は入居者のインタビューを中心に纏められ、概ね施設の暮らしやすさ、介護士の適切な対応などが紹介された。一部に入居者の要望も映され、一方的に満足している姿だけではないことを伝えていた。

報道に客観性を持たせたものと靖子は理解した。

靖子自身のインタビューも放送された。他の人に比べて長い時間が費やされた。発言が正鵠を得たものと見做されたようだった。

靖子はテレビ画面を見つめながら、何だか気恥ずかしさを感じた。確かに正論だった。でも、理想論、あるべき論を振りかざすと、介護士としては場違いな気がした。理屈ではなく、自然体で要介護者に向き合う姿勢が求められるはずだ。

とかく理念だけで動いていくと、地に足が付いていない行動になりがちだ。介護だけでなく、事務職にも、あるいは政治の世界にも当てはまる。

日常は理屈通りには進まない時がある。時には力業を使ってでも、目の前の問題を解決する胆力が必要とされる。放送では一般的には負となる姿を、包み隠しているように感じた。

わたしってこんなに立派な人だったのかしら。毎日毎日、要介護者が目の前で困っていることを、手助けしてきただけなのに。

マイクを前にして気取ってしまった。いいところを見せよう、きちんと介護に向き合っていることを強調しようという、打算が働いていたのだ。紫園の所長に感じた、放送がメリットをもたらすはずという思惑と同じではないか。

当り前の姿を見せたつもりだったのに、心の中の卑しさが、そのまま表に出てしまった。今更嘆いても手遅れだった。世の中に知られてしまった以上、理想に向かって突き進むしかない。

開き直りではないが、靖子は覚悟を決めたのだった。

「放送、観たぞ」

波多田が嬉しそうな顔で靖子に近づいて来た。

「色々と答えてきたことが、あんなふうにストーリーがあるように纏められるのですね」

靖子は正直な感想を言った。

「そうだな。しかし、きみは随分と気取っていたな。いつも理想を追いかけているように」

ズバッと指摘されてしまった。

波多田は靖子の他所行きの姿に、いわゆる違和感を覚えたのだろう。

「いえ、立派に振る舞うつもりはなかったのです。介護はこうあるべきなんて。わたしは評論家でもないのに、どうしてかしら。一職員に過ぎないわけですから」

弁解したつもりだったが、しどろもどろになっていた。

「なに、誰でも自分を良く見せたいものだ。要するに、ええかっこしいってことだな。きみにそんなところがあるなんて、これっぽっちも思わなかったよ。堂々と介護に励んでいたからね」

褒めているのか貶しているのか。いつもの波多田節が唄われた。

「慣れない取材なんか受けるものではありませんね」

スタートが間違っていたのだ。靖子は重ねて弁解した。

「そうは言っても、取材の対象になった経緯があったのだろう。テレビ局に目を付けられたきっかけは何だったのだ」

ものごとには原因がある。波多田は放送内容そのものより、紫園を何故取材したくなったのかを知ろうとした。

靖子は経緯については知らされていなかった。ただ所長から、取材があるからうまく応じてくれと打診されただけだった。

考えられるのは、高齢化社会の中で介護施設の需要は拡大していく一方だから、どのような支援が行われているのか、そして何が不足しているのかを、明らかにしたいという狙いがあったのではないか。

これから入居したい人、家族を入居させたい人に施設の実態を知らしめることは、社会の要求に適っている。テレビ局なら番組編成の中で取材方針を決めていく。紫園は規模の上で取材しやすかったのではないか。入居者の人数、職員の数。中規模で標準的な施設と捉えたのだと思う。

当然、入居費用も取材の対象になる。あまりにも高額な施設は数も少ないだろうし、庶民感覚からは外れる。普通に手の届く料金体系を用意している施設が、テレビの紹介に値するはずだ。

　靖子は思いつくまま、取材理由を話した。

「規模と費用か。確かにその考えは正しいだろう。ここだけではなく他の施設も取材して平均値を出すのは、テレビ局に限らず統計の常套手段だ。紫園は中堅の施設だろうから、ちょっと上とちょっと下を比較しながら、介護施設の実相を見せたのかもしれない。どうだ、こんなところかな。なにしろわたしは、運悪く取材を受けていない。想像で言うしかないのだよ」

　波多田はインタビューの対象にならなかったと、何度も残念がった。

「わたしのような介護職員を、ことさら持ち上げるような内容にはしてほしくないです。介護される人は高齢ですし、身体の不自由な人や、中には認知症の人もいます。健常者でない人を支援するのですから、介護士を立派な人達と編集したくなるのでしょう」

「何が不満なのだ。立派な人と紹介された方が気分がよいだろう」

「いえ、そういうのは困ります。仕事が介護なので、立派とか大変とかで見られるのはそぐわないです。もし立派と言うのなら、ボランティアの人のことでしょう。ボランティアなら褒められて当然です」

　靖子はキッパリと、わたしは職業人なのだと言い切った。

「なるほど、そのように認識しているのだな」

「はい」

「だからだな。わたしがきみを嫌いな訳は、自分を厳格に規定しようとするからだ。堅苦しいし取っ付きづらい」

「そうなんですか、知らなかった」

靖子は驚いた。

「いいじゃないか、褒められたって。褒められて、わあ嬉しい、とならないのか。きみみたいに、いいえ職業ですからなんて言われてみろ、ああそうですか、立派な心構えですねと、逆に突き放されてしまう」

波多田が忠告めいて言った。

「そう言われましても」

「要するに可愛くないんだよ。度胸と愛嬌と言うだろう。男は度胸、女は愛嬌。昔から言われている。もっとも今では男と女を分けると非難の対象になってしまう。男女平等が前提になっているからな。しかし、わたしが思うに、女に愛嬌がないのは致命傷だ。男にも必要だが、特に女にはこれがないと相手にされなくなるぞ」

波多田は持論を補った。

諺というのか、靖子は言葉は知っていたが、意識して表に出したりはしてこなかった。性格によるものではないか。

波多田が愛嬌がないと指摘したのは、つまらない女と感じたためではないのか。でも、嫌いだと断定されると、やはり可愛らしさを気にした方がよいようにも思える。介護士として人と接していく上で、物腰の柔らかさは鍵を握っているのだろう。仏頂面だったり強面だったら、介護される側は拒絶反応を起こしかねない。にこやかに応対するのが原則だった。

波多田の言うように愛嬌を感じないとすれば、今まで無難に過ごしてこられたのはどうしてだろう。本当は朗らかに介護に当たっていたからか。靖子は愛嬌がないとしても、柔和に接してきたつもりだった。現実に拒絶されたことはなかったから、思いに近い介護はできていたはずだ。でも波多田はあからさまに嫌いだと言った。接し方に戸惑ったのはこの人だけだ。波多田が求めている介護と、靖子の行ってきた介護とに誤差があったからなのか。

仮に思いの違いがあったとして、この人が求める介護はどのようなものだろうか。一般的には高齢に由来する不自由さが、第一に挙げられる。手足の不自由、食事の不自由、歩行の不自由。スタスタと歩けない、長い距離を移動できない、食べ物を飲み込めない、喉につかえる、むせる、指先が動かせない、モノが覚えられない、思い出せないなど。

これらの不自由を補うために介護士がいる。正式には介護福祉士という専門職。昭和六十二年に介護福祉法が制定され、その後平成十九年に改正されて、心身の状況に応じた介護を行えるようになった。介護福祉士の守備範囲が広くなったことになる。

靖子は自分の役割は日常生活の補助、これを行うために要介護者と齟齬をきたさないように努めてきた。一方、波多田の求める介護士像は何なのだろうか。目的が日常の補助補完である以上、大差はないはずだ。

靖子は単に好きか嫌いか、性格が合うか合わないかを、強く意識するかしないかだけではないかと思った。仕事において、介護士の役割以上の要求はしてはいけないとは言わないが、評価とは別次元のことだ。親身ではないとか、事務的だとかで判定されても、個人の感想によるものだ。

わたしが親身でないとしても、特定の人に特別に真心を込めて接するのは正しい在り方だろうか。要介護の度合いに応じて対応は変えるが、これは特別ではない。介護度の低い人に親身でないかと言えば、決して区別はしなかった。

どちらにしても波多田の介護士に対する理想像は、普段の接し方で探っていくしかなかった。今は嫌いでも、いずれは理解してくれると心の変化に期待するしかなかった。

人間の感情は、ちょっとした切っ掛けで変わる時がある。靖子はそのことを信じて接していこうと思った。

19

靖子は、波多田常治の介護は他の職員に依頼して、自分は少し距離を置こうと思った。全く無視する訳ではない。直接的には接しない曖昧な態度。

本来ならば要介護者を色分けするような対応は、批判の対象になるものだ。相手を選ぶのは禁じられている訳ではないが、円滑な介護ができるようにするためには、やむを得ないと思った。

「波多田さんをよろしくお願いします」

靖子は先輩の牛田育代に託した。育代からは波多田に対して、接しにくさを伝えられたことはなかった。他の入居者と同様に介護を受けていると言った。

だとすると、波多田が批判的な態度を取るのは、靖子だけということになる。職員は育代の他にもいるが、いずれも波多田の介護に苦慮しているとは聞かなかった。

なぜだろう。職員の誰もが熱心に職責を全うしていた。はっきりと嫌いだと言われたのは、自分が熱意を鼻にかけているからだという。そんなつもりはなかった。それなのに波多田にはそのように感じられてしまった。

考えるとだんだん辛くなる。靖子は距離を置くことにしたので、介護のあり方には悩まずにいこうと、気持ちを切り替えた。

幸い他の入居者は拒絶することなく、靖子の介護を受け入れてくれた。

「一職業人だというので嫌われたのね」

育子が確認するように訊いてきた。

「どうでしょうか」

「正論を言っただけなのに」

「何でしょうね」

「自分と似た人は嫌われるって言うから、たぶん波多田さんは現役の時、同じような気持ちで仕事をしてきたのじゃないかしら。わたしもだけど、あなたは職業人になって、まだ少ししか経っていないわ。それに対して波多田さんは何十年も励んできたのでしょう。地位も高かった。だからプライドがあるのよ、職業人としてね。そんなときあなたが、波多田さんの職業信条、倫理観というのかな、それを口に出した。駆け出しの人に言われてしまったので、プライドがずたずたにされたのではないかしら。それで腹が立ったのよ。きっとそうだわ」

育代が分かりやすく解説した。

「プライドですか」

面倒だなと思いながら靖子は訊ねるともなく訊ねた。

「そう、プライドよ。ここを突かれると大概の人は反撃したくなるものよ。すごく厄介なのだけどね」

逆鱗に触れてしまったのか。

波多田にとって何が逆鱗なのかは分からなかった。逆に何が琴線なのかも分からない。育代の説によれば、触れてはいけない逆鱗に触れたのが行き違いの原因だった。

波多田は靖子が何かを新しく進めようとするたびに、拒絶反応を示してきた。だとすると、最初に接したときから逆鱗に触れていたのか。

今更嘆いても仕方がない。要は原因に気付いたのだから、これから先は気を配っていくだけだった。当面は接触の機会は減る。遠くから眺めているだけなら、靖子に対する、気取った女という感覚は薄れていくのではないか。

「とにかく明るく振る舞うことね。明るく明るく、朗らかに朗らかに。そうだわ、馬鹿になるのよ。馬鹿に徹するのね。それがいいわ」

育代が自信たっぷりに断言した。

やはり気取っていたのか。他の人の視点で見られないと、気付かないものだ。明るく、あるいは馬鹿に徹するというのは、こんなときすごく有効だと思う。波多田に対してだけでなく、どのような相手にも通用しそうだ。

「そんなことより、何か催しをやりたいわね。どちらかといえば屈しているように見える。打破するためには派手な行事が最適よ」

育代がはしゃぐように言った。

わたしのための提案なのだと、靖子は嬉しかった。考えてばかりでは、どんどん追い込まれる。少しも心が晴れない。思案は大切だが、それだけに片寄ると結局はよい知恵が浮かばないものだ。

ここは何か、馬鹿騒ぎみたいな行動をとってみるのが良さそうだ。馬鹿になれと言われたではないか。何がいいかな。小旅行は鎌倉へ行った。由比ケ浜方面だけだったから、北鎌倉の寺巡りとか源氏山の散策もある。ひと口に鎌倉といっても、出掛けていない地区は多かった。

でも、馬鹿騒ぎにはならないか。歴史探訪みたいで、興味のない人にはつまらないかもしれない。みんなが一緒に楽しめるイベントが望ましいのだ。

カラオケかな。たとえ音痴でもよいから声を張り上げて歌う。たぶんカラオケが嫌いな人は少ないはずだ。高齢者の行事としては、部屋の中でできるし丁度よいと思う。

「カラオケ大会はどうでしょう」

靖子が提案した。

「カラオケね。そうか、その手があったわね。わたしは体を動かすことばかりを考えていたから、盲点になっていたわ。装置を用意すれば施設の中でできる。よい考えだと思うわ」

育代が賛成したので、イベントの概要を練ってみることにした。

なるべく多くの人に歌ってもらうためには、一人一曲が原則だ。ひとたびマイクを握ったら離さない人もいるらしいが、独り占めでは当人だけが盛り上がって、他のひとは白けてしまう。

それぞれ歌う曲を予め決めてもらう。その場で選んでいると、歌っていない時間ができてしまう。一人三分として、二十人が参加すれば単純計算で一時間。マイクを渡す時間があるから、約一時間半のイベントになる。九十分か。ちょっと短いかな。でも、映画の上映時間は九十分。最近は上映時間が長くなる傾向があるが、基本は九十分のはずだ。大学の授業も九十分。人が飽きない時間が九十分なのだろう。

靖子は一時間半の催しに決めた。

「考えてみれば、これまで入居者全員でカラオケを歌うなんて、やってこなかったわ。旅行には行ったのに、もっと身近な行事はなかった」

育代が感慨深そうに言った。

確かに盲点だった。施設の中では一人ひとりの介護に気を取られて、全体を見てこなかった。見失っていたと言うと大袈裟だが、個々に捕らわれていたのは事実だった。施設の全体像を描くこと。介護の現場はここからスタートするのだろう。

個々への対応は相手の状況で変わる。全体の方針は統一化されたものだ。介護にのみ専念するのか、施設全体の行事があるのか。極めて経営の根幹に属する基本的な考え方だが、靖子は行事のある施設が好ましいと思った。

幸い、紫園は個々への対応に絞った施設ではなかったから、喜んでもらえるイベントを企画できた。個々と全体。この姿勢が仕事のやり甲斐を後押しさせてくれた。

「カラオケ大会の開催日を決めましょう」

靖子は先へ進めようとした。

「待って。まだ所長に許可を得ていないわ。オーケーをもらってからよ」

育代が現実に引き戻した。

「あ、しまった。わたしって先走りし過ぎなのね。手順を踏まないといけなかったわ」

「わたしが所長にお願いするわ。了解をもらえたら、いよいよスタートできる。細かい取り決めはその後で」

「お願いね。依頼するのは、あなたの方が適しているわ。わたしは逸ってしまうから、許可されないかもしれない」

靖子は、自分がこういう時の落ち着きに欠けていることを理解していた。場数を踏めば交渉力も付いてくるが、それ以前の説得力のなさを感じていた。総合的に何かが足りない。本腰を入れて臨まなくてはと切実に思った。

20

カラオケ大会は上出来だった。入居者の殆どが喜んで参加した。点数の出るカラオケ装置だったので、歌い終わるたびに一喜一憂した。会が盛り上がる要因になった。

その中で波多田は参加しなかった。

「波多田さんもどうですか。声を張り上げるのもよいものですよ」

靖子は参加を強く促した。

「カラオケ大会だと。何を寝ぼけたことを」

案の定、波多田は否定した。

「まあ、そうおっしゃらないで。声を出せば健康になりますし」

靖子は歌の効果を話した。波多田にとって利のあるイベントならば、参加の切っ掛けになると思ったからだ。利得を求める人にはプラスの要素を示すことで、参入の垣根を低くできる。まして高齢者にとって健康面の利益は、重要なキーワードだった。

次第に衰えていく体力。体力の低下に伴う健康の不安。健康第一が行動を促すのだ。

「健康というのは体の上でのことなのか、それとも精神的な安定のようなものなのか。どちらなのだね」

いつものように理屈が先に立った。

「体の健康が精神の健全に繋がります。心と体は連動しているのです」

理屈には理屈で返す。

「カラオケで心と体の両方の健康が得られると言うのだね。だとすると、参加した者は全員が心も体も健全になったわけだ。本当にそうなのか。たとえば今村だが、あの男は参加したのか？　それにしては心も体も腐ったままで、何も変わってはいない。カラオケ効果はどうなったのだ」

波多田がネチネチとカラオケを否定してきた。

今村と名指しされた入居者は、確かに明るい性格ではなかった。かといって問題行動をとるわけではなく、ただ暗さが目立つだけだ。

波多田は恐らく日頃から、今村を快く思っていなかったのだろう。だから靖子の説に反撃する材料にされてしまったのだ。

「今村さんは、元々明るい人ではなかったかもしれません。でも、自室で静かに暮らすのが性に合っているのです。カラオケ大会に参加してくれましたが、皆の歌を聴いているだけで、ご自身では歌わなかったのですね。一緒に会に出ようという気持ちはあったのです」

「随分と今村の肩を持つようだな」

「ありのままを伝えましたが」

「わたしはカラオケ効果は明るく元気になると聞いているから、効果が現れない者もいるだろうと言っているのだ。今村がまさにその一人だ。現実に効果が現れなかったではないか」

勝ったとばかりに波多田は畳み掛けた。

「それは、考えが違います。今村さんは歌わなかっただけで、元気になる効果が出なかったのではありません。参加したこと自体が大切なのです。自室から出ない生活を続けていたのですから」

靖子は珍しく反論した。頭ごなしに否定されるのは悲しい。せめて、どうだった？　くらいには言ってほしかった。もっとも波多田には望むべくもなさそうだ。揶揄とまではいかないにしても、好ましい反応が得られるとは思えなかった。

どのように付き合えばよいのか。今までも手探りを続けてきた。この先も同じ状態が繰り返されるのだろうか。

もっと親身になって働きかけるのか。体調に気を配るとか、身の回りの日常品にアドバイスするとか。先行きの不安のような大きな問題ではなく、ごく普通の日常生活に細かく対処していくという、そんな接し方が求められているのかもしれない。

少し距離を置こうとしたのに、カラオケ大会の後は元に戻ってしまった。結局は波多田との関係は、磁石のN極とS極のように強く引き合ったり反発する仲なのだろう。

介護士って、本当は辛い役目なのかな。靖子は何故介護士を目指したのか、介護学部に入学した当時を思い返した。

答えはひとつ。介護を必要とする人を助けたい。介護される人に寄り添いたい。犠牲とまではいわないが、職業として要介護者の支援をする日々に、生き甲斐を見いだしたかった。見いだす、見つけ出す。どちらにしても靖子自身の充実が目的になっている。でも職業ならば、日々の暮らしに満足できるのは必要な条件のはずだ。奉仕の対象が保育園なら幼児、小学校なら学童、中学高校なら学生というように異なってくる。

介護施設ならば要介護者が対象だ。違いはそれだけだ。介護の現場に立ったとき、介護の充実は求められる根本の要素だが、奉仕する側にも充実感が得られないと、職業として継続できそうにない。それ故、靖子は、まず自分の満足感が先にあるのだと思った。

今、わたしはその満足感が得られているだろうか。波多田常治を相手にしたとき、心の中では共に生き甲斐を求めて過ごしてみたいと思うが、気持ちを砕かれてしまうことが多かった。理不尽なまでに介助を避ける、あるいは逆手に取る。

悪意をもって対しているのか、あるいは持って生まれた気質なのか。こういう人に対しても、にこやかに、感情を殺して相手をしなければならないとしたら、介護の仕事は辛さを隠す苦行みたいなところがあるように思われる。

もし、こうまでして全うすべきならば、生き甲斐はどこにあるのだろう。少なくとも世話をして感謝してくれるから、生き甲斐になっているのだと思う。打算かもしれないが、心が助けられないのは苦しい。

波多田は介助を施しても、靖子に安らぎをもたらしてはくれなかった。それでも職業だからという信念で、無機質に相手をしていくものなのか。感情の動物である人間にとって、むしろ放り出してしまうのが的確な対応のような気がする。

靖子は、もちろん放り出すなんてできるはずもなかった。絶対にできない。

他の人なら介護をうまくやれるのだろうか。単に自分の未熟さのために、波多田の思いに適う介護ができていないのかもしれない。

靖子は介護のやり方を変えてみるのがよいのかもしれないと、考えを改めてみることにした。

21

施設に入る前、自宅でペットを飼っていた人は多い。入居した後は家族が面倒をみるのが一般的だが、独り暮らしの場合は新たに飼主を探さなければならない。

ペットは犬や猫が殆どで、中には小鳥やうさぎ、ハムスターなどを飼育している。特殊な例としてトカゲや亀、蛇がいる。これらは個人の引き取り手を探すのが難しく、動物愛護協会のような団体に委ねられる場合が多い。

「猫を連れてきてはいけませんか」

新しく入居する婦人が靖子に尋ねた。

「施設では飼えない決まりになっているのです」

紫園の規則ではペットの持ち込みは禁じられている。

「うちの三毛ちゃんは、ずっとわたしが育ててきたのです。名前はテンと付けました。すごく綺麗な猫なんですよ。離れ離れになったら可哀相。なんとかなりませんか」

婦人は食い下がった。

長年面倒をみてきたので、今更別れられないというのだ。

「そうおっしゃられましても、施設の運営に支障が出そうですし」

靖子は禁じられている理由を話した。一匹を認めれば二匹、三匹と増えていく。仮に猫だけ認めたとして、全部が全部おとなしい猫とは限らない。壁や床を爪で引っ掻いて傷つけてしまうし、排泄物の始末も生じる。

入居者が世話をできるうちはよいが、高齢故に、いずれ手に負えなくなる心配がある。職員がペットの世話まで行うのは負担が大きすぎる。

このような理由で禁止されているのだ。

「そうですか、残念ですが分かりました」

婦人は了解したが肩を落とした。

「ご免なさいね。でも、ペットがいなくても楽しい施設にしていきますから」

靖子は紫園の運営の中から、ペットに代わる楽しみを見つけてもらおうと思った。

「猫を飼いたい人がいるんだってな」

どこから聞き付けてきたのか、波多田が靖子に問い質した。

「禁止されていると伝えました」

靖子は改めて波多田にも紫園の方針を説明した。

入居するときの条件にペット禁止は含まれている。特にペットは問題が多いので、禁止は十分に納得しているはずだった。

「長く飼っていた動物とは別れられないだろう。きみは猫や犬は飼っていないのかね」

「わたしは飼っていません」

「そうか、だとすると飼主の気持ちは分からないな。手放す辛さを知らないから、規則を盾に拒否できるのだ」

波多田が畳み掛けた。

「個人個人で管理できる訳ではありません。団体生活ですから、一定の制限があるのは仕方ないです」

「きみは、ふた言目には団体生活と言う。ここは軍隊ではないんだよ。ある程度は自由にしてもいいいんじゃないか」

以前、ある程度という発言に噛み付いたことなど、すっかり頭から消えてなくなっているようだ。ある程度とはどの程度なのか。曖昧さを強硬に突いてきたのに、この場では波多田が自ら口に出している。

「ずうっと飼育できません。猫が先に死んでしまうとは限りませんから」

「ほう。すると入居者より先にペットが死ぬのならよいというのだな」

「それは、理屈です」

「犬猫の寿命は十年、長くても十五年か。入居者の年齢が七十とすれば、生まれて間もないときに飼い始めたとして、八十五まで生きていればよいことになる。まあ、一緒に死ぬのも変だから、九十まで存命なら十分に飼える。どうだね、面倒が見られなくなるから禁止というのは、理由にならないではないか」

「ですが、部屋が荒らされてはいけません。最期まで入居しないで、途中で出て行く方もありますし」

「皆が皆、猫を飼いたい訳ではないだろう。せいぜい三、四人ではないか。僅かな人数だ。一人一匹なら三、四匹。煩わされる頭数ではない」

「一匹だけではなく、一人で数匹飼う人もいます」

「一人一匹と決めておけばよい。それだけの話だ。犬は禁止して猫だけなら散歩の手間も要らないから、職員が時間を取られることもない。老後を楽しく過ごしてもらうのが、紫園の方針のはずだ。きみがいつも豪語しているではないか。楽しく楽しく、と。あれは口から出まかせだったのか」

自説を主張するとき、波多田は立板に水、原稿を読むように言葉がほとばしる。反論しようものなら、しめたとばかりに追い打ちをかけられる。話が途切れるまで黙って聞き続けるしかなかった。

「それで?」

「何でしょうか」

「だから、飼ってよいのか、飼ってはいけないのかだ」

焦れたように波多田が結論を求めた。

「わたしの一存では決められません。施設の運営者に決めていただかなければなりません」

「なるほど。一従業員に過ぎないきみが決定できるわけではないな。では、所長に確認してもらいたい。飼えるか飼えないか。あるいは飼えるようにと提案するのはどうだ。組織改革になるではないか。さっき、わたしが話したように、猫の寿命まで元気に暮らせる人、最期まで見届けられる人という条件付きで、認めてくれというのだ」

許可されるのが既定の方針とばかりに、波多田は駄目を押した。

もちろん拒否される。施設はあくまでも施設。家庭的とはいっても、家庭にいるようにくつろいで過ごせるという意味だ。家庭を持ち込めるものではない。ペットを飼うのは逸脱した行為と見做される。

靖子には動物を飼った経験はなかった。朝夕に犬を散歩させている人を見かける。楽しそうだとか、逆に毎日大変だなと思ったりしていた。たぶん犬を許可すると散歩は日課になり、職員も犬の散歩が仕事の一部になりそうだ。飼主ではない職員にとっては負担に感じるだろう。

散歩の必要がない猫ならば、靖子自身は許可してもよいように思う。ただし、爪研ぎによる内装の傷は付きものだから、許可はできないとするのが結論になるはずだった。

「どうだ、提案するのかしないのか」

波多田が迫った。

「分かりました。問合せはします」

靖子は波多田の提案を所長に話すと答えた。

突っぱねれば、新たな論理を振りかざして攻撃してくる。いつまでも蒸し返されるわけにはいかなかった。

「頼んだぞ、朗報を待っている」

自分の提案が通ったものとして波多田は矛を納めた。

朗報は持ってはこられない。そのとき再び嵐が起きるのか。靖子は分かり切った回答に、気が重かった。

22

答えは拒否だった。

言うまでもなく猫は生き物だ。生き物は必ず死ぬ。そして猫を飼育している人も。猫が先に死ぬと約束されているのなら、あるいは飼育が許されるかもしれない。しかしその前提は、常に成立するとは限らない。猫が生き残った場合、猫をどうするか。つまり、誰が猫を飼うのかという問題に直面する。

答えは簡単ではない。紫園の猫として飼うという方法はある。一匹だけなら、できない相談ではない。二匹、三匹と増えていったとき、次第に飼育は困難になっていく。

更に、一度飼育を許可すると、二人、三人と飼いたい入居者が現れる。紫園が、いずれ飼わなければならない猫が増えることになる。

動物愛護団体に引き取ってもらう手段はある。たぶんこの方が現実的だ。愛護団体は捨て猫の飼主を見つけ出す、あるいは避妊去勢手術を施して野良猫が増えない対策をする。施設から猫を追い出すのは最も不適切、団体も拒否するはずだ。

様々な場面を考えると、最初から飼育を許可しないのが最善という結論になった。

「そうなるだろうと思っていたよ」

波多田が残念そうに言った。

「入居者の気持ちも分かりますが、施設の運営には馴染まないということです」

靖子は説明を終えた。

「門前払い、か。まあ、そうだろうな。煩わしい事態が予想される以上、初めから事件が起きないように対策しておく。これは運営の常道だ。決して非難されるものではない」

「済みません。個人個人に分割できないものですから」

「分割できないか。随分と回りくどい言い回しだな。前にも言ったように、団体生活には個別の事情は入り込めないと、ハッキリ言えばよいではないか」

「それはそうですが、波多田さんの提案は尊重しないといけませんから」

「提案？　尊重？　何を言っているのだね。わたしは提案なんかしていない。飼えるか飼えないか訊ねてみろと言ったのだ。飼えるようにしたらと提案した覚えはない。言ってもいないことを言ったように変えてしまうとは、どういうことだ」

また噛み付いてきた。

「済みません、言葉足らずで」

靖子は心配していた事態になりそうだと、深入りしないことにした。

「言葉足らずだと？　では、足りるように言ってもらおうではないか」

波多田は納得しなかった。

波多田が提案しろと言ったのは確かだった。たぶん忘れている。

論争が続けられるのは波多田常治が最も望む展開だった。常治、常に治まる。名前とは裏腹に、治まらないよう、治まらないようにと仕掛けてくるのだ。

靖子は顔色を変えないように相手をしてきたが、限界はあった。今も柳に風と受け流そうとしたが、波多田は待ってましたとばかり、新たな論争に切り替えてきた。

携帯電話が鳴った。

「ごめんなさい」

電話に出ると、所長が呼んでいると介護士の牛田育代が言ってきた。

靖子はその旨を波多田に伝えてその場を離れた。

助かった。いつまでも波多田の相手をしていられない。他の入居者の面倒を見なければいけない。波多田のように放っておいても自立している人は、本来は手が掛からない。食事の世話からその他の日常生活まで、気を配らなければならない要介護者が何人もいるのだ。

所長室の前で育代が待っていた。

「所長さんが何か」

靖子が訊くと育代が笑顔を見せた。

「所長じゃないのよ、わたしよ」

「育代さん？」

「また波多田さんに捕まったでしょう。だから引き離してあげたの。分かった？」

「え、では」

「そうよ、波多田さんには悪かったけれど、あなたの仕事は他にもあるからねえ」

「そうだったのね、ありがとう」

「いいのよ、お互い様。わたしが波多田さんに捕まったら、そのときは靖子さんが、今と同じようにわたしを助けてね。少しは相手をするけれど、わたしも波多田さんだけが仕事ではないからね」

気の毒な気もするが、入居者にはなるべく公平に対応したい。

靖子は育代の機転に感謝した。

23

もう一度学習し直したい。

靖子は介護士になってから、仕事が順風ではなかったと感じていた。食事の世話とか日常の支援とかの、純粋に介護に関わる分野は問題なかった。一から出直しと思ったのは、対人関係、一口で言うと人捌きの巧みさに欠けていることだった。

先日の波多田の追求をかわしたのは、育代に助けられたからとはいえ、姑息な手段だったと心が晴れなかった。きちんと説得できなければ、次は完全に言い含められる。もう一度同じ方法で逃げられたとしても、ますます気が咎める。

介護の相手が素直に従ってくれる人ばかりではなかった。むしろ波多田のように天邪鬼を自認している人もいる。いわば一筋縄ではいかない人を、問題なく介護される人に変えるところに、介護士としての使命がありそうだった。

学び直しというのは、人に対しての対応力を学ぼうとするものだった。介護技術に関しては、関わった年数が短いという理由で未熟な面はあったが、必要な要件は満たしていた。

とにかく人だ。対人関係に力点を置いて研鑽し直す。学んだ後は、波多田常治のように変則的な人格をもつ相手に対しても、苦悩することなく仕事ができる。

人たらし、なのかな。豊臣秀吉が評されていたように、人の心をうまく掴んで自分のペースに引き込む。頭ごなしに言い聞かせるのでは、かえって反発される。巧みな操縦で心を鷲掴みにする。たぶんこのような方法も介護術の一つではないだろうか。

靖子は、もしかしたら禁じ手ではないかとも思ったが、結局は人対人の戦いなのだと結論付けた。

書店に行き心理学のコーナーに進んだ。［心理学入門］［実践対人操縦術］［人の心を読む］。魅力的な題名の専門書が多数、書架に並べられていた。

何冊か手に取りパラパラと中味を流し読んでみた。立ち読みで分かるような内容ではなかった。じっくり読み進めないと十分な理解を得られない。靖子はどれにしようかと迷ったが、結局は購入しなかった。

役立つ本だとは思ったが、マニュアルを見て実際の対人場面に向かうようでは、本物の力は持てないのではないか。本に記された実務例はあくまでも基本的な対応で、同じような場面は既に体験していた。

靖子が本当に欲しいのは、靖子自身が心の中から自然と湧き出る力だった。マニュアル通りに対処すれば、たぶんうまくいく。そのための指導書だ。けれどもマニュアルに頼るのは本意ではなかった。

実力とはマニュアルを超えた対応力のはずだ。心を鍛えることで蓄積される要素。実際の場面場面で熟慮し考え出すか、瞬間的に思いついた対応策で切り抜ける。その中で成功したり失敗したりを経験していく。時間が掛かるかもしれないが、書物からは得られない実績として、靖子の介護を昇華していくはずだった。

施設の外に出たことで、靖子は今までにない考えにたどり着いた。

書物に頼らず自分の考えに徹する。それは多分、熱意というものだ。熱意が感じられれば、どのような相手にも、どのような場面にも、わたしの介護ができる。

靖子は迷わずに進んでいこうと、心を一つにした。

施設への帰り道、国道を渡って向かい側に進む。歩行者用の信号機が設置されていた。赤信号だった。靖子はボタンを押して青信号に変わるのを待った。

すると一人の高齢者が信号を無視して渡っていった。

靖子は「赤信号！」と注意しようとしたが、老人はどんどん進んでいくので声を掛けそこなってしまった。

危ない行動だった。幸い車は遠く、事故にはならなかった。老人が渡り終えてから車が走ってきた。数秒の違いだった。

たぶんあの老人は、日常的に赤信号でも渡っているのだろう。自分が車道を渡り終えるのに何秒、車が到着するのに何秒と計算しているのだ。

事故にならなかったとはいえ明らかに交通法規違反だった。計算通りに渡りきれればよいが、途中で転びでもしたら間違いなく轢かれる。そんな綱渡りなんかしないで、青信号を待てないのか。長くても一分くらいの時間だ。

何だろうな。人生の残り時間が少なくなっているから、信号を待つ時間も惜しいのだろうか。それともただのせっかちなのか。一分、実際には三十秒くらいか。この僅かの時間を惜しんで車に撥ねられたら、悔やんでも悔やみきれない。まして命を落としてしまったら、反省もできない。

他にも、帽子を川に落として、それを拾うために川に入り流されたという事故はしばしば耳にする。帽子はいくらするのだろう。五千円、一万円、高級な帽子ならもっとするのか。でも、どんなに高くても命よりは安い。しかもはるかに。そもそも比較にはならない。だから諦めて新しい帽子を買えばよいはずだが、それができないのだ。

同じような例は他にもあるだろう。それこそ枚挙に暇がないくらいだ。青信号を待てないのも同じ心理状態だと思う。

波多田常治ならどうだろうか。待てない人か待てる人か。拾わない人か拾う人か。日頃の言動から推測すれば待てない人、拾う人の気がする。波多田が外出して信号待ちになったとき、渡らないでと声を掛けられるだろうか。余計なことをするなと、腹を立てられるようにも思う。人間の性向は大筋のところでは変わらないから、波多田を待てない人間だと見てしまうのだ。

こんなときも波多田常治ならどうだろうと考える。いちいち気にしなくとも良いのに、頭に浮かんでしまうのだ。

だとすると、わたしはどうかな。信号待ちの場面だけでなく、色々な別れ道で、あの人ならこちらへ行くだろうと推測される。自分から見て他人をどのように捉えるか、だけでなく、他人から見て自分がどのように捉えられるか、見つめられていることになる。

改まって考えるまでもなく、人は日常的に判定を下している。選択肢が二つあるとき、どちらを選ぶかは、その人のものの見方、考え方によるのだろう。選び方次第でプラスにもマイナスにも働く。

靖子は学び直しを思い立ち、書物からの吸収よりも、日常の中に学習の参考事例があるからと、実践対応に切り替えることにした。そして信号待ちという、ごくありふれた行動にも、必ずその人の本質が現れることに思いが至った。

だから必要なのは観察眼を磨くことだ。ぼんやりと見過ごさないで、何故そうなる、何故そうする、何故そうしたのかを考えると、何かしらの行動指針が見つけられるように思える。

靖子は赤信号で待てない人がいなかったら、普遍的な行動分析などできなかっただろうと思った。やはり書物に頼らず外に出るのは大切なのだ。

24

施設内は禁煙だった。煙草の火の不始末による火災は多い。消したつもりでもちゃんと消さないため、紙などに燃え移って出火に至る。中でも寝煙草は本人がいつの間にか寝入ってしまい、布団に火が移って火事になるのだ。最初から吸わなければ何の心配も要らない。

紫園は高齢者のための施設だったから、火災の原因となる煙草を禁止していた。ひとたび火災が発生したら、住むところがなくなってしまう。年を取ってから路頭に迷う事態は、絶対に避けなければいけない。

それだけでなく、高齢故に火災から逃げるときに時間がかかってしまう。火の回りが早ければ逃げ遅れて、命にかかわる大惨事になりかねない。とにかく災いの芽を摘んでおくことが先決だった。

「喫煙室を用意しておけばよいではないか」

波多田が苦虫を噛んだような顔で言った。

「場所はあっても消し忘れがおきますから。消火器を備えたり、燃えにくい素材の壁に張り替えるのも必要ですし」

靖子が噛んで含めるように答えた。

「要するに金がかかると言いたいのだな」

波多田が吐き捨てるように言った。

「そんなふうに思われましても。とにかく命を守るためです。喫煙した本人だけでなく、入居者全員のためになります。波多田さんもその一人です」

「いつも全員のためなのだな。何をするにしても施設のため、入居者全員のため、だ」

「でも、本当のことですから」

波多田への対応に時間も心も費やされてしまう。放っておいてもよさそうだが、攻撃がエスカレートしたら元も子もない。ガス抜きという対処法があるが、靖子はこれと似たところがあると感じた。細かく手早く相手をして、大事に至らないよう配慮する。こんな気配りも介護士の役割なのかもしれなかった。

「まあ、よい」

波多田はあっさりと引き下がった。

問題を提起したのではないから、単なる押し問答になると思ったのか。今まで時々に繰り返した経緯も、実質的には押し問答だった。反省した様子はなかったから、追求しても話題性がないと結論付けたのかもしれない。

煙草の不始末は命にかかわることだ。異を唱えても施設の方針の厚い壁をこじ開けるのは容易ではない。

煙草騒動は騒動にならないうちに消滅した。靖子は、とにかく丁寧に説明することだ、面と向かって対応すれば、必ず理解してくれると確信した。

一難去ってまた一難。入居者の男性が車を運転して出掛けたいと訴えてきた。高齢だが運転免許証は返納していない。無事故無違反で何十年も過ごした優良運転手だった。

「池谷さん、今になって運転したいと言われるのですか」

入居してからはずっと車には乗っていなかった。

「禁止はされていないはずだが」

「どこへ行かれますか」

「気儘にあちこち出掛けたいだけだ」

施設の中に閉じこもっていたのでは安全だが息が詰まる。時には発散したいと言った。喫煙は禁止されているが、運転まで奪われては楽しみがなくなる。事故を起こしてほしくない気持ちは分かるが、手足をもがれた思いだ。遠出は無理としても、近場の買い物くらい自由にさせて欲しいと訴えた。

紫園は禁止規則が多かった。入居者の身の安全を第一としていたから、少しでも危険と判断した場合は厳格に禁じた。

車椅子生活とか脚や腕の麻痺があるとかで、歩行に支障がある人なら運転を禁じられてもやむを得ない。健常者には自由を奪われたように感じるのだ。

高齢者の運転事故が大きく報道される。では若年層は事故を起こさないのか。決してそうではない。若者の事故の方が、はるかに多いはずだ。高齢者というだけで大々的に取り上げられる。池谷は不当だと強調した。

靖子は池谷の言い分は正しいように思った。運転事故は高齢者が起こすものだけではない。

でも、高齢者の場合は大きく報道される。その理由はニュースの価値が高いからだろう。ニュースバリューという。高齢化社会にあって、老人が行ったことに焦点が当たる。善行も悪行も目立ってしまうのだ。

入居者が事故を起こし、それが脚光を浴びてしまったら、紫園の価値が下がらないだろうか。入居者に居心地の悪さを感じさせかねないのではないだろうか。

全ては全体の利益のために紫園は運営されていた。一人の不始末が入居者はもとより、職員にまで悪影響をもたらす。避けなければいけない事態だった。

靖子は車についても皆のためと理由を話して、池谷を説得した。渋々ではあったが池谷は従った。納得はしていない様子だった。

波多田は車の運転に関しては、何も口を出してこなかった。波多田は運転免許証を既に返納していた。運転は自分には関係ないと思ったのか、沈黙を通した。

靖子は波多田に煩わされなかったので、内心はホッとしていた。事あるたびに食い下がられてきた。理屈を述べる波多田には理屈で返した。対処の仕方に長けてきたのかとも思う。主義主張をぶつけてくる人がいなかったら、うまく相手をする技も磨かれなかったかもしれない。

その意味では、波多田常治に感謝すべきなのかもしれない。正当なものの考えではないかもしれないが、人間対人間、案外的を射ているように思った。

でも、紫園は事件を起こさせないように、雁字搦めにしているのも事実だった。運営側の高齢者に対する思い遣りでもあったが、一方で事なかれ主義と見られても仕方がなかった。規制を強化すれば個人の自由は弱まる。靖子は改めて組織運営の難しさを強く感じた。

25

入居当座は元気だった婦人が、次第に衰弱していった。口数も少なくなり、日課としていた散歩にも出なくなった。婦人の名は水沢久乃。夫は既に亡くなり一人暮らしだった。最初のうちは至れり尽くせりの施設の対応に、何事にも煩わされなくなって気が休まると言っていた。

「今までずっと、どのように一日を過ごすか、今日は掃除をしよう、今日は食材を買いにいこう、今日は銀行でお金を下ろしてこよう、今日は庭の雑草を取らなくてはと、毎日毎日、別に何ということのない、仕事ともいえない仕事に、日々追いかけられているような気がしていたのです」

久乃は半ば悶々と過ごしてきた毎日の様子を話した。

「施設では変わりましたか」

靖子は頷きながら訊いた。

「入居してからは、日常家事に追い回されることもなく、気持ちの上ですごく楽になりました。職員の皆さんが痒いところに手が届くようにしてくださるのです。本当に良かった」

水沢久乃は、自分の人生は何だったのかと、雑事から解放された喜びを語った。

靖子は自分達介護士が更に手助けして、心のゆとりを増幅させてあげようと思った。約束ではないが、自分に課せられた使命のような役割だと誓ったのだ。

入居後しばらくした時、久乃が足を引きずりながら食堂に来た。

「どうしましたか、元気がないようですが」

久乃の沈んだ顔を見て、靖子はどこか具合が悪いのではと声を掛けた。

「元気？　そうね、疲れたとか痛いとかではないんですよ」

久乃は特に悪いところはないと答えた。

「それならよろしいのですが」

高齢になると、昨日までは元気そのものだったのに、ひと晩で暗転してしまうことがある。

靖子は介護に就いてから、急激に衰弱していった老人を、何人も見てきた。衰弱の原因は人によって異なるが、目標がなくなった場合が多いように思う。

旅行に行こう、俳句を詠もう、絵を描こう、太極拳で体を鍛えよう。それぞれの人がそれぞれの方法で楽しみを見出し、且つ継続して取り組んでいた。

その楽しみを失うと、気力の衰えから体調を崩す。長く続いている趣味や、はっきりとした目標がある場合には、気持ちの張りを失ったとしても原因は掴みやすい。問題は外に活路を見出していない入居者だった。元々が部屋に閉じこもっている傾向が強い。表に現さないと、職員にも不調の原因が掴みづらかった。

何だろうか。靖子は水沢久乃の衰弱を心配した。そして、どうしたら元の笑顔に戻れるのか対策を考えてみた。

発散する気質でない以上、日用雑事に原因を探るのがよさそうだった。

裁縫はどうだろう。衣服を縫うのが好きなのか。違うかな。掃除、これが好きな人は多くない。洗濯、これも嫌いではないが好きとまで言える人は少なさそうだ。

残るは炊事。料理が好きで得意な人は多い。久乃の場合は料理かもしれない。

家庭では三度三度の食事の支度が日課になる。出前を頼んだり食堂やレストランに食事に出向くときもあるが、家での食事が基本だ。料理好きなら毎回の献立を考えることが、喜びになっているはずだ。

久乃は紫園に入居し、それ以来料理はしていなかった。もちろん施設で用意するからだ。しかも健康に配慮した、カロリー制限、塩分控えめが基本で、毎食定められた時間に食事をするなど、管理が行き届いていた。

久乃が料理好きだったら、張り合いがなくなっていきそうだ。入居当時の明朗闊達さが失われていったのは、料理ができないからと言えないだろうか。一度、本人に確かめてみよう。

靖子は一つの原因に思い至って、自身の憂いが軽くなった。入居者が楽しげに見えないのは、介護職として辛い。

「水沢さんは料理が得意ですか」

次の日久乃に会った時、早速靖子は訊ねてみた。

「料理ですか、ええ、好きですよ。得意と言えるかどうかは分かりませんが」

やはり張り合いだった。

ここからが問題だった。原因は分かった。では、久乃に料理をしてもらえるか。紫園には料理のスタッフがいる。この人達に久乃に料理をさせてほしいと頼めるか。たぶん料理人のプライドが許さないのではないか。調理師の資格を持っている。メニューも毎日変えて飽きさせないよう配慮している。なにより健康管理が行き届いた献立になっている。

それにもかかわらず入居者に料理をさせるというのは、極端な話、食事は入居者それぞれ自分が食べたい料理でよいことになってしまう。プロの料理人は要らないという結論が導き出されれば、施設の存在意義が問われる。この考えが極論だと否定はできる。そこまで難しく考えなくてよい。楽しみとして、ちょっと手伝うという在り方で十分だと思う。

「ご自分で料理してみたいですか」

靖子は久乃に訊ねてみた。

「紫園では専門の方がいらっしゃいますね」

久乃が逆に質問した。

「はい。メニューを毎日考えてくれます」

「だったらわたしが料理するなんて迷惑でしょう。とてもできません」

「料理が生き甲斐だったのでしょう。介護されているからといって、楽しみを奪ってはいけないです」

「確かに楽しみですけれど、もし火の始末をきちんと行わずに火事になったら大変です」

「心配し過ぎではありませんか」

「いいえ、紫園が料理を禁じているのは、包丁で怪我するとか、食材を無駄遣いするとかよりも、一番心配な火災が起こるのを防ぐためでしょう。入居するときの条件に料理はできないと示されていました」

「スタッフと一緒にならできますでしょう」

「できます。でも絶対に料理人の方は嫌がります。素人と一緒に調理場には立てないはずです」

久乃はあくまでも難しいと言った。

紫園が禁じているのは火災の防止を第一としているからだ。その規則を破ってまで料理させろとは言えない。

靖子は久乃の生き甲斐を取り戻してあげたかったが、さすがに無理なのだと思い直した。

そもそも生き甲斐は自分で見つけるものだ。誰かに世話してもらうものではない。料理が得意だからといって、得意がそのまま生き甲斐なのかは本人にしか分からない。得意ではなくても新しく何かを始めれば、それが生き甲斐になる。

習字とか、そういえば写経は心の平穏がもたらされるからと、生き甲斐にしている人も多い。久乃に写経を勧めても、すんなり受け入れてくれるかどうか。久乃は料理を否定したが、今のままでは部屋に閉じこもったままになりそうだ。

靖子は何か打ち込めるものがないかと探った。八十過ぎまで家事に勤しんできた久乃だったから、趣味らしい趣味は何もなかった。その家事も結果的には失われてしまった。高齢故に家事に時間を煩わされるのは辛いだろうというのが、高齢者施設の成立要件だ。何もしない一日を送ることで気力が失われていく、マイナスの結果を招きかねなかった。日常、最低限の雑事をこなす方が、活力を保てるように思われる。便利さは大切だが、便利さに身を任せると、自分の手で便益をもたらそうとはしなくなるのかもしれない。

靖子は行き過ぎた介護が、かえって介護の度合いを高めてしまうのではと懸念した。介護士として従事する前は、至れり尽くせりの介助が正しいと思っていた。実際に介護の現場に立つと、ある程度は突き放すほうが自立心を失わなくて、本人にとってはプラスになるのだと感じた。

また、ある程度か。波多田に噛み付かれる。程度の問題にはいつも悩まされる。

でも、このまま水沢久乃を放置するわけにはいかない。些事にまで介護を必要とするようになり、自力の部分が消えてしまう。

足の弱った人には杖を持たせて、歩きが遅くても自分の足で歩いてもらう。手を差し伸べるのは必要だったし、久乃にも気力を失わせないよう介助してあげる。結局は生き甲斐探しに行き着いた。

料理が好きなのだから、やはり料理をしてもらうのが良さそうだ。禁じられているから、かえって台所に立たせてあげたい。たしか歌謡曲にも「禁じられても会いたいの……」という歌詞があった。紫園からは禁止されているが、久乃のためになるのなら料理をさせてあげたい。

献立の全てではなく、例えば味噌汁づくりだけでも携わることができれば、元気を取り戻すはずだ。具材を切るような部分だけの作業でもよい。とにかく助けてあげなくては。靖子は所長と交渉してみようと思った。一日でも早いほうがよい。一日過ぎれば一日弱っていく。そうさせないためには力を惜しまないことだ。

靖子は早速、所長に相談しようと決めた。

26

久乃が食べる分だけという条件で料理は許可された。生き甲斐というキーワードに、説得力があったことになる。

所長も久乃が無気力になっていく姿に気を止めていた。カウンセラーを呼んで診てもらおうと、準備していたところだった。しかし外部の人間に問題解決を委ねるのは、どうしたものかと躊躇していた。専門家なら容易に対処できる。所長は委託は最後の手段であり、園内での解決を探っていた。靖子の提案は渡りに船とでもいうべき策だった。うまくできれば紫園の力が向上したと評価される。推移を見守り効果が現れれば、久乃だけでなく、同じような問題を抱えている他の入居者に範囲を広げられる。所長は何事もまずは試してみるのがよいと、結論付けたと話してくれた。

靖子は久乃に料理ができると伝えた。料理人にも、気力を取り戻してもらうための、いわば緊急避難的な措置だと説明した。その後、久乃用に包丁や料理ハサミなどの道具を一式揃えた。

紫園の入居者は三十名ほどだったから、料理スタッフは二名で毎日の食事を賄っていた。一人分が減ったとしても、大きな違いはなかった。

久乃は調理師が用意した食材を分けてもらった。料理すること自体が楽しみだったので、特別に手の混んだ献立にはしなかった。調理師と異なるのは、久乃好みの味付けになることだった。

靖子は久乃の調理の様子を、調理室の外からそっと覗いた。調理師の仕事が概ね終了した後に料理を始めたので、スタッフを煩わすことはなかった。

入居者用の大きな鍋の横にフライパンが置かれていた。久乃はフライパン一つで料理していた。深型のフライパンなら煮物もできる。調理道具は沢山用意すると洗い物が増える。一人分なら最小限の道具で十分だった。

久乃が楽しそうだったので、靖子は自分も楽しくなった。このまま続けば日に日に元気になっていくだろう。提案したときは出過ぎたマネの気もしたが、生きる気力が戻れば提案が正しかった証明になる。受け入れてくれた所長に感謝した。

「水沢久乃は料理していたな」

波多田が靖子に訊ねてきた。

波多田も調理室を覗いていた。久乃が調理室に入っていったので、何のためだと思ったようだ。

「自分が食べる分ですね」

靖子は元気になってもらうためだと答えた。

「あの人はどちらかと言えば、部屋に閉じこもってばかりだったから、料理のような一人でできる作業が合っていたのだろう」

「そう思います」

「きみが掛け合ったのか、料理をさせてくれと」

「まあ、そうですが」

「やっぱりな。きみなら言いそうなことだ」

「でも、張り切ってますから」

「いや、ダメだと言ってるんじゃない。気を遣うきみらしいと思っただけだ。一人ひとりに寄り添おうとしているから、思いついたのだろう」

いつもなら否定するはずなのに、なんだか褒められている気がする。どうした風の吹き回しなのだろう。

「気持ちが弱ってきたように見えたので、何かしてあげられないかと思ったのです」

言い訳みたいに聞こえる。

「なるほど。しかしだ、どうして料理がよいと考えたかだな。たとえば味が不味いと不満を言ったとか」

「いいえ、久乃さんは料理がしたかったのではありません。わたしが料理をすれば元気になると考えたのです」

「水沢久乃が希望したのではなかったのか」

「違います。わたしが言い出したのです」

「わたしはてっきり味が舌に合わないから、自分の分は自分で作ろうとしたとばかり思っていた。なにしろここの食事は健康第一だから、薄味で食べごたえがない。前にも話したかな。一人ひとり、味の好みは違う。それぞれに合わせて調理していたら、それこそ何時間もかかってしまう。そこまではできない相談だ」

「健康が大切でしょう」

「薄味は塩や醤油を足せば濃くなる。それさえ認めていない。どうかと思うよ。好きな味で食わせてよいではないか。その結果、少ししか食べられなくて健康を害する。自業自得だ。紫園の責任ではない。しかし、食事の楽しみを奪っているほうが、よほど実害があるというものだ」

いつもの波多田節だった。

理屈を言い出すと、もう止まらない。相手が聞いていようがいまいが、お構いなしだ。要は自説を述べたいのだ。

「久乃さんは好みの味ではないから、料理したくなったのではありません。味にはこだわらない人なのです」

「水沢久乃がこだわらないからといって、施設の皆が同じではないだろう。口には出さないだけで、本当は不満に思っている者もいるはずだ。わたしもその一人だ。わたしは料理させろとは言わない。味を変えろとも言わない。ただし、手元に調味料を置いて好みの味で食べたい。それを拒否はできないはずだ。施設の中で最大の楽しみは食事だからな」

「健康寿命が大切だからですよ。専門の調理師さんが考えた味付けなのです」

「唯々諾々と従えと言うのだな」

「そこまで強くは言いませんが」

「施設としては、同じに作った方が安上がりだ。経営を考えたらコストカットは重要だ。紫園は民間の介護施設だから、経費を抑えるのは絶対の条件だ。経費を抑えた上で、入居者の満足をもたらす。簡単に言えば、これが経営方針だな。と言うより、企業なら、そこがどのような経営実態であっても、同じ基準で運営するものだ」

「波多田さんは社長さんだから、利益を考えるのですね」

黙って聞いていると止まらない。経営論には興味があるが、今は波多田講座を拝聴している場合ではなかった。

「社長といっても小さな会社だ。いつも言っている通りだ」

「いいえ、小さな会社でも社長は社長です。最後の決断を下す役割ですから大変でしょう。小さいと言われましたが、むしろ小さい会社のほうが、余計に決断の善し悪しが業績に響きますでしょう」

とどめるつもりが、思いとは逆に経営談義になってしまった。

「買いかぶりだ」

「久乃さんは一人分だけ作りますが、波多田さんの食事も作ってもらいましょうか」

靖子は話題を元に戻した。

「わたしの分だって？　いや、それはマズイだろう。それこそ調理師を否定することになるからな。わたしは薄味で十分だ。ただし塩や醤油を用意して、自分で味を濃くできないと食べる気がしなくなる。なにしろ紫園は規則が多くて、暮らしていくのに窮屈だからな」

「済みません。不便に感じられて」

「きみが謝ることはない。どうせ年寄りなんだから、もっと自由に生きたいものだ。水沢久乃が元気がなくなったというのも、束縛を感じたからではないのか。本人は言わないだろうが、あくまでも言いづらいからで、感じなかったためではないはずだ」

波多田が急所を突いてきた。

「そうかもしれません」

靖子は力無く頷いた。

「きみが料理を思いついて良かったではないか。少なくとも窮屈の原因の一つは消える。大したものだ、きみは」

「本気ですか。わたしは役目を果たそうとしただけですから。大したことではなくて普通のことなのです」

悪い気はしなかったが、手柄のように捉えられては困る。それより波多田の調味料を何とかしなくては。多分、こっそりとか堂々とか、自分好みの味に変えているのだろう。調理師の手前、本人の好きにさせてとは言えない。健康維持の方針に水をさしてしまう。

靖子は波多田によって、新たな問題が提起されたと思った。そして提起された以上、解決策も探らなければいけないのだと思った。

27

以前、波多田は夫人が家を出て行ったと話してくれたことがあった。深くは訊かなかったが、常識的に考えて波多田の暴力のような行為が、原因として考えられる。腕力によるものではなく、暴言だろうか。波多田自身は行方を探したりはしなかったそうだ。原因は自分にあると認識したのだろう　現在は施設に入っているから、いろいろと人騒がせな面はあっても、日常生活に支障をきたすことはなかった。本人もそれに満足している様子だったので、介護士が事細かに支援しなくて済んでいた。

靖子は波多田の本意では、夫人がその後どうしているのか知りたいはずだと思った。もちろん動向が掴めても、今更縒りを戻したりはしないだろうし、謝罪する気持ちもなさそうだ。知らないまま過ごすより、知っている方が安心という程度だろう。でも、探してあげるのも、決して余計なお世話ではないはずだ。

知らないなら放っておいてくれと拒絶するかもしれないが、高齢になると違う反応をするのではないか。いざという時、身寄りがないのは淋しいし辛い。普段強気に振る舞っているのは、淋しさの裏返しなのだと思う。気丈を装っていないと心が折れる。あながち的外れではない気がする。

靖子は拒絶されることを承知で、波多田夫人を探そうかと思った。ドメスティックバイオレンスなら、時間が解決する場合があるのではないか。相手が身近にいるとアラが目立つ。これは仕方のないことだ。アラをアラと見ない。ことさら強調しない対処が問題を際立てない。我が身もまた同じ。反面教師、あるいは反射鏡と捉えてみれば、怒りも鎮まるものだ。この考えにたどり着かないから事件に発展する。

別々に暮らすことで問題は解決する。非難すべき対象が目の前から消えれば、腕を振り上げても降ろす場所はない。

一定の期間が経過すれば反省が生まれる。あんな些細な行き違いに、どうして腹が立ったのだろう。瑣末な現象を瑣末と認識する、心のゆとりが失われていたと気付く。

波多田常治が夫人と別れて何年になるのだろう。少なくとも紫園に入居してくる前のはずだから、十年は経つか。いや、こんな短い期間ではないだろう。詳しくは話さなかったし、靖子も訊いたりしなかった。深く立ち入るのも失礼だ。人には人の事情がある。人に独自の歴史がある。好んで暴露する人も中にはいるだろうが、一般的には隠しておきたいものだ。人間は恥をかきながら生きていくように思う。

波多田に内緒で捜し出すのは、さすがに気が引ける。土足で家庭内に踏み込むのと同じだ。靖子は了解を得てから探そうと思った。

「波多田さんも一人では淋しくありませんか。紫園では安心して暮らせますが、訪ねてくるご家族も親類もいないようですし、以前お聞きした奥様を探してみようかと思うのです」

回り道をするように靖子は話を切り出した。

「別れた女房か」

「失礼とは思いますが、居所はご存知ないでしょう」

「いや、あれの行方は全く気にしていない。あの日から赤の他人だ」

「お気持ちは分かります。触れてほしくないですよね。でも一度は一緒になられた方ですし、消息を知りたくありませんか」

靖子は外堀を埋めるように言葉を継いだ。

「仮に、どこに住んでいて、どんな暮らしをしているのか分かったとして、きみはどうするつもりなのだ」

波多田は少し軟化してきたのか。靖子は話を聞いてくれるようになったと感じた。あとひと押しだ。本音では夫人の動向が気になっていたのだ。

「現在の状況をそのままお伝えします」

「それだけか」

「それだけです。わたしの役目は探し出すまでです。あとは波多田さんが決めることですから」

「まさか連れてきて、会わせようなどとはしないだろうな」

「いえ、そこまでは踏み込めません。ただし、波多田さんが命じたら、お望みのように動きます」

「わたしは望んでなどいない。まあ、知らせてくれるのは有り難いが」

「そうでしょうね。では、探し出してみますね。警察の捜査ではありませんので、どこまでできるか。正当な事由がありますので、個人情報保護の壁は越えられると思います。もし見つけ出せても、夫人が拒否すればお伝えはできません。このことも了解してください」

「分かった。期待はしない。なにしろわたしが追い出したのだから」

「何があったのですか。知っておいたほうが見つけたときに、話がしやすいと思いますが」

「いや、詳しい事情は言わない。相手に任せる」

波多田はあくまでも夫人の心次第だと言った。

「承知しました」

別れた夫婦では、夫人の方が元の夫に対して、新しい住所を知らせないよう役所に依頼する場合が多いと聞く。特に子供の親権を巡って争っている場合が該当する。せっかく引き取ったのに連れ去られては困る。

波多田には子供がいるが、すでに成人し独立しているので親権争いは起きない。財産にまつわる争いも起きていないと聞いていた。子供に託して高額の財産を渡し、災いの種を消したようだった。

本当に赤の他人になろうとしたのか。少なくとも相手が有利になるよう配慮していたといえる。

靖子は、それならばかえって会ってもらったほうが、二人のためになるように思った。わだかまりがないなら、久し振りだな、元気だったか、で済む。火種がくすぶっていたのなら、冷却期間を置いたことで和解の道が開ける。どちらにしても一度は会ってみれば、きちんとした結論が得られる。別れた夫人とはいえ、一度は夫婦として暮らした間柄だ。他人だから知らないというのは、配慮を欠いているように思える。

靖子は波多田の親戚筋から、行方を探ってみるのがよさそうだと結論付けた。

28

波多田夫人は消息が分かった。分かったけれども会うことはできなかった。既に亡くなっていたからだ。

夫人が晩年を過ごした近隣の住民に、様子を聞くことができた。それによると、地域の自治会役員になり、充実した日々を送った人生だった。会計士の仕事をしていたから、定年後に依頼され、喜んで参加したという。女性活躍が叫ばれている。時代に合った人選だったのだ。一人取り残されたような、淋しい晩年ではなかった。

靖子は聞いたままを波多田に伝えた。

「そうでしたか、調べていただいて有り難う」

波多田が深く頭を下げた。

「幸せに暮らしていたそうです」

「そのようだな」

「あっ、済みません。別れたのに幸せだなんて」

「構わないさ、事実だったのだから。あれはわたしと別れて正しかったのだ。ずっと一緒だったら、針の筵だったかもしれない。人間、時には思い切った行動も起こしてみるものだ。躊躇っているうちに、どんどん機会を失ってしまう。つまり、歳を取る。歳を取れば決断力がなくなる。残り時間もなくなる。少しもよいところがない。あれはそのことを理解したのだろう。わたしには分からなかった。支配していると物事の本質が見えなくなるのだ。驕れる者は久しらずと言うではないか。その言葉の通りになってしまった」

波多田は後の後悔、先に立たずと言った。夫人が亡くなった今、詫びようにも詫びることができない。住まいを探し出し、手を付いて謝ればよかったと悔いた。

縒りを戻そうというのではない。自らの非を詫びて、心の整理をしたかったのだろう。靖子はまだ独身だったから、夫との軋轢など想像もつかなかった。きっと家庭を持てば、ずっと順風満帆に暮らせるものではないのだろう。黄色信号が灯ったとき、元の青信号に戻す策を心得ておかないと、赤信号が点灯してしまう。せっかく所帯を持ったのだから、破綻させるのはもったいない。何というのか、心を鍛えなかったようにも思える。

波多田夫人の結論が得られたので、靖子は介護に専念することにした。あくまでも本職は介護福祉士だ。疎かにはできない。脇道はあくまでも脇道、本道ではない。

でも、息子さんたちは母親が亡くなったことを、どうして父親に伝えなかったのだろうか。相続問題は発生しないにしても、葬儀とか遺留品とかの後処理がある。全てが無関係としてしまったものか。思うに波多田と息子との間に、外からでは分からない、確執のような感情があったのかもしれない。しばしば長男と父親とには摩擦が生じやすいと聞く。波多田にも同じような行き違いがあったのだろうか。

心の内までは踏み込めない。靖子は探し当てたところで幕引きにした。

「宝くじを買ってきてくださらないかしら」

入所者の婦人が依頼してきた。

足が弱くて歩くのがままならなくなっていた。

「宝くじですか」

初めての頼み事だった。

「ジャンボくじがあるでしょう。それではなくて、一等が５０００万円のくじよ。賞金は小さいけれど発行枚数が少ないから、狙い目なのよ」

婦人が目を輝かせた。

聞くところによると、一度も当たったことはないらしかった。

「一等にね10番違いとか、すごく惜しいときがあったのね。だから今度こそ当たりそうな気がするわ」

10番違いの壁が突破できるのではないか。

確かに一等があり、自分ではない誰かが当選している。だったら次はわたしだと思いたくもなる。それが宝くじの魅力、あるいは魔力だろうか。

「わたしが買ってきて当選しなかったら、申し訳ないですが」

靖子はリスクとまでは言わないが、宝くじの不確実性を口に出した。

「構わないわよ。だって買っても当たらないし、買わなければ絶対に当たらないもの。だったら手元に置いて、ワクワクしてた方が楽しいでしょう」

婦人の説は宝くじの一般論だった。

「高森さんは運が良さそうに見えるわ。だからお願いするの。運が悪そうな人には頼まない」

靖子が強運の持ち主なら、いつも外れる自分より可能性は高くなる。婦人は靖子に依頼する理由を、強運か否かだと言った。

「そんなものですか」

「そうよ、そんなものなの」

「わたしが運がよいとは思えないのですが」

「あら、そんなことないわ。絶対に強運よ」

「わたしに運がよい時がありましたか」

「ほら、鎌倉へ行ったことがあったでしょう。あの時は一日中ずっと晴れだったわ。鎌倉へは予め日取りが決まっていた。天気がよいから出掛けたのではなかった。決められていた日が運良く晴れ、しかも晴天。これって運がよい証拠でしょう」

旅行は靖子が提案したものではなかった。付き添っただけだ。だから、強いて言えば紫園が強運だったことになる。それでも婦人は靖子のお蔭と強調した。

靖子は婦人が思い込んでいるのなら、敢えて否定するまでもないと思った。

「だからお願いするわ」

婦人が駄目を押した。

「番号は選べないんですよ」

「いつもそうよ。選べるのは連番かバラね。今回は連番にしてみるわ。一等の前後賞で賞金が加算されるものね」

まるで当選したかのように婦人ははしゃいだ。

靖子は連番で十枚分の金額を受け取って、購入を約束した。

高齢になって足が不自由になり、日常生活を思うように送れなくなる人は多い。介護士は守備範囲が広く、日用品の買い物は依頼されるが、宝くじは初めてだった。

どんな形であれ、楽しみは欠かせない。仮に一等が当たったら、賞金の使い道は何になるのだろう。若いうちなら家を建てるとか、既に持ち家があるのならローンを一括返済する、贅沢にリフォームするとか、すぐに思いつく。しかし、八十を過ぎ、しかも施設に入居している身では、家を建てようとは思わないだろう。

特に使う当てのない金が得られても、それでも財産を増やしたいのが人情なのか。靖子はまだ若かった。財産といえるほどの蓄えもなかった。今後歳を重ねるにつれ、財産欲が強まっていくのかもしれない。

婦人の宝くじ購入から、これまで考えてこなかった財産が、心の片隅に置かれることになった。

29

夫人の消息が知れると、波多田は何かがふっ切れたようだった。しかし、しばらくすると元の波多田に戻ってしまった。生まれついた性向は消えないのだろう。三つ子の魂百までという。そのままの姿だった。

「紫園の中にコンビニのような、買い物ができるお店があると便利ね」

靖子は先輩の牛田育代に思いを伝えた。これまでにもしばしば買い物を頼まれた。だったら施設の中で直接手に取れたほうがよい。計画と呼べるものではなかった。単にあったらいいなというレベルの、提案ともいえない提案だった。

「コンビニねえ。入居者が三十人、職員と運営者をいれてもそれほど多くはないわ。この程度の人数を賄うのは、難しいのではないかしら」

育代は疑問視した。

「需要と供給」

「そう。企業は黒字にならないと撤退する。出店する前に採算が合うか、十分に検討するでしょう。お店があったら便利だけど、それは利用者の見方。コンビニ会社は、店舗を開けば儲かるという確信がなければ出さないわ」

「三十人か。ちょっと無理かな」

「採算度外視では出店しない。ボランティアではないのだから」

「ボランティアね。ボランティアならできるかしら」

「できるでしょう。でも商品を仕入れる資金はどうするの。ずっと持ち出しでは行き詰まる。よほどの財産持ちなら赤字でも構わないでしょうけど、あなたもわたしも、そこまで裕福ではないわ。だから遅かれ早かれ閉店を余儀無くされる」

「商売上手なら別だけど」

「靖子さんに商才がありますか。人には隠された才能があるけれど、どうかしら、やれそう？」

「うーん。たぶんなさそうね。わたし達、元々がボランティアみたいな福祉士だものね。商才とは異なる能力だわ」

「介護士も立派な職業よ。能力も必要。なにより我慢強くないとできないわ。我慢強いのも広く捉えれば才能だと思うわ」

育代は遣り甲斐だと言った。

育代にとって介護福祉士は、人生を賭けられる職業だったのだ。

「コンビニを作るとか言ってなかったかね」

食堂に入ってくるなり波多田が話しかけてきた。どうやら通路にまで二人の会話が届いていたようだ。

「作れるかなと思ったのです」

「きみはいつも面白い発想をする」

「いえ、思いつくだけで、実際を無視していますから」

「そうだな、コンビニがあれば便利だ。しかし採算が合うかとも言っていたようだな」

「黒字にならないからできないと、結論付けました」

「そうか、しかし諦めるのは早い。店を構えるから採算が合わないのだ。店を構えなければ、できない相談ではない」

波多田が珍しく助け舟を出した。

「でも、お店がないとコンビニにはなりませんが」

「よいか、出張販売という業態がある。例えば週に一度とか、決まった曜日にトラックに商品を積んで販売にくる方法だ。これなら店を作らないから、やり方によっては十分黒字になるはずだ」

波多田はまるで自分が、計画立案者であるかのように説明した。

「出張販売ですね。どこか、実施している会社があるのですか」

「地方へ行けば存在する。この辺は商店街がなくなってしまったが、スーパーがあるから、出張販売の採算は難しいかもしれない。だから誰もやっていないのだろう。予め注文を受けた商品を届ける業態になっている。これでは通販であって、コンビニではないな」

「急に必要なものがあったとき、最寄りのお店行くのがコンビニです。それと、お店を見て、あっ、こんな商品があるというのもコンビニの魅力です。通販はカタログを見て商品を選ぶものですから、コンビニとは違いますね」

「きみが買い物を頼まれるのと変わらない。送料がかからない分、きみに頼んだ方が安上がりなわけだ。しかも今日頼んで今日届く。こんな便利な通販はない」

「言われてみれば、その通りですね」

「誰だったか、宝くじを買ってきてと頼んだ人がいたな。今更強欲なことだ。当選しても使い道がないだろう。それとも貧しい人に寄付するか。それなら大したものだ」

どこで聞いたのか、波多田は宝くじの依頼を知っていた。

「買っていけないとは言わない。売上げの25パーセントだったか、福祉に回されるはずだ。社会の役に立っている」

「国のためになるというのは、決め手になっていますね」

「宝くじを発行する本当の理由は、多額の金を集めることだから、あがりで公共事業が成り立つ」

「紫園でまとめ買いして、入所者に分けるのはどうでしょう。抽選日までの楽しみがありますね」

「そこまでする必要はないだろう。分配した誰かが高額当選者になったら、不公平感が生じる。当選者はたぶん除け者にされる」

「宝くじ券を分けるのではなく、預かったお金でまとめ買いしますね。紫園で保管して当選金を平等に分配するのです。これなら同じ金額だから不満は出ないでしょう」

「いや。その場合、自分で買えば当たったかもしれないという、我が儘が出てくる。人間は強欲だから、お金にまつわる不満は尽きないものだ」

「うまくやるのは難しいですね」

「やはり頼まれたから買ってきてあげるのが、一番適しているのだろう」

「そうですよね。皆の利益と思ったのですが、無理がありました」

「きみは色々思いつく。頭が柔軟なのだ」

「いいえ、実効性に乏しいアイデアばかりです」

「宝くじよりコンビニをどうするか、だな」

「買い物をしてあげるのも、介護には違いありません」

「どうだ、いっそのこと紫園で事業を始めては。業者に来てもらうのではなく、事業主になってしまうのだ。これなら運営は全て園の裁量でできる」

「事業主ですか」

「商品の仕入れは入居者に需要を聞いて品揃えする。極めて効率のよい運営だ。もちろん、これが陳列されていれば助かると思う品も置いてよい。利益が出れば全て紫園のものだし、次の仕入れに回せる」

随分と積極的だ。靖子は波多田が経営者だったことに由来すると思った。

紫園では規模が小さくて採算が合わないと言ったはずなのに、自分で始めても商売環境は同じだ。それにもかかわらず自分で始めろとは、どういう理屈があるのだろう。

「紫園がコンビニ事業を手掛けるなんて、どうなのでしょうか。規定では経営計画に入っていないと思います」

「定款のことかね。定款など常に作りなおすものだ。極端な話、介護施設としての旨みがなくなったら、撤退もあり得るからな。事業主とは儲け話に飛びつく人種のことだ。儲けが見込めなくなったら、次の儲け話を探す。だから介護施設とコンビニの、ダブルで稼ごうとしても不思議ではない」

「ダブル、ですか」

「そうだ。コンビニを併設したら、きみはさしずめ店長だな。なにしろコンビニのアイデアを出したのだから」

寝言を言っているのではないかと靖子は思った。わたしが店長だなんて。店長といえば経営者ではないか。介護の仕事で精一杯なのに、企業の経営なんて全く思いを巡らせたことはなかった。

「考えてみなさい、買い物の不便を解消しようというのだ。誰もが不便を感じていた。今までずっとだ。それなのに不便に飼い馴らされてきたから、打ち破ろうとはしなかった。そこに、高森靖子が現れた。不便をそのままにしてはいけない。何とかしなければ。解消する方法が、施設の中にコンビニエンスストアを導入することだった。どうだ、こんな論理だろう」

波多田は靖子の心の中を、覗いていたかのように解説した。

「どうでしたか。大筋では合っていると思います」

細部を突き詰めれば多少の違いはあるにしても、発想の経緯は波多田の言った通りだった。

「顧客の規模が小さいと言うのなら、何も入居者だけに限らなくてよい。近隣の住民も顧客に巻き込んでしまう。紫園が不便なら近隣の住民も不便だったのだ。紫園は介護業と小売業を事業にする。そうだな、変身か。二つの事業を行う企業に変身させるのだな」

波多田は自分が立案者であるかのように声を高めた。

「事業が二つ」

「例えば大病院には入院患者やその家族、そして医師や看護士のための売店がある。扱う商品はコンビニと同じだ。病院に特化した品も多い。病院の外へ出掛けなくとも、日常の買い物はできる。だから紫園も同じように、施設の外に行かなくても、日用の品々は間に合うようにすればよい。入居者だけでなく、近隣の住民も顧客に取り込むと、店はうまく回っていくはずだ」

自信満々に波多田は胸を張った。

コンビニはちょっと思いついたというレベルだったのに、経営感覚に長けている人には、成功の青写真が描けるのだろう。靖子は波多田の構想力に心を動かされた。以前なら靖子が何かを始めようとすれば、ことごとく批判的な言動を返していたのに。

コンビニの構想だって、そんなものうまくいくはずがないと一蹴されるのが落ちだ。ところが、むしろ成功するための手引き、方針を打ち出してくれた。どこか琴線に触れる素案であったのだろうか。きっと逆鱗には触れなかったのだ。

おそらく経営者の直感にヒットしたのだろう。勘と数字。勘に頼らず数字で動け。経営コンサルタントの常套句だが、勘が働かない経営者は数字を見ても、数字に隠されているヒントを読み取れない。靖子は所長に聞いたことがあった。

確かビスマルクだったか、賢者は愚者に学び、愚者は賢者に学ばずと言ったのは。新聞記事に掲載されたので覚えていた。知っておくと、いつか役に立つ。

靖子は紫園が本当にコンビニを始めたら、折に触れて波多田にアドバイスをお願いしようと思った。順風に事業が進んでいるときは後ろ盾は要らない。逆風が吹いた時は頼れる支えが必要になる。この先、いつか波多田の力を借りる時がくる。靖子は波多田が拒絶しないことを願った。

30

コンビニエンスストア事業は、しばらく保留という結論になった。紫園の入居者規模が五十人程度に増えたら、始めてもよいという条件が付けられた。介護を必要とする高齢者は増える。五十人になるのも時間の問題だ。その時に始めれば、リスクは低く抑えられるという理由だった。

「しばらく待て、となりました」

靖子は結論を波多田に伝えた。

「紫園の方針なら待つしかないな。おそらく近いうちに始めざるを得なくなる。その時に備えて、どのように運営したらよいか研究しておくのだな」

気落ちしている靖子を見て、波多田が応援してくれた。先手必勝。その場になって計画を練るようでは真剣ではない。実現するしないに関わらず、運営方針をまとめておく。仮に実現しなくても、考えを巡らせたことが何らかの形となって実を結ぶ、というのだ。

靖子は波多田の柔軟なものの考え方に共感した。経営とは先へ先へと試行錯誤しながら進めていくものなのだろう。すぐに諦めてしまうようでは、どんなに小さな目標も実現しない。

「コンビニが駄目なら次は何を提案しようかな」

靖子は先輩介護士の牛田育代に話しかけた。

「靖子さんはへこたれないのね」

「わたしが」

「そうよ。歌にあったでしょう、東京が駄目なら名古屋があるさ……という。そんな感じね。だからへこたれないのよ、立派だわ」

「そうじゃなくて、たぶん図々しいのよ。誉められるようなものじゃないわ」

「図々しいか。でも、自分のやりたいことを現実にするのは、図々しくないとできないのかもしれない。図々しいのではなくて、そうだわ、熱意ね。熱意が大切なの。あなたはそれを人一倍持っているわ」

「また、大袈裟な。違うわ、周りの迷惑を顧みない人なの。きっとそうだわ」

誉められたらくすぐったい。靖子は慌てて否定した。

でも、本当に次は何に挑戦しようか。買い物、スポーツ、旅行、いずれも急ぎ過ぎて、十分な成果が得られなかった。波多田常治の反論があって、思い半ばで挫けてしまったアイデアもあった。

その後、もう一度挑戦しようとはしなかったが、波多田はコンビニ計画で考えが変わってきた。何でも批判せずにはいられなかった対応から、理解を示す場合が見られるようになった。

だとすれば、中途半端なまま終わらせてしまった事業や行事を、再考するのも有りか。もちろん前回と全く同じ拒絶を繰り返すこともある。よほど不満に思ったものは簡単には覆らない。むしろ異見。曖昧な反応だった企画なら、得意の深堀りした意見を言ってくれるかもしれない。意見でなく異見を滔々と述べてくれた方が嬉しい。少なくとも波多田の見解を取り入れれば、行事は進められるからだ。

となると、まず考えられるのは旅行だ。高齢者が高齢者に陥るのは、部屋に閉じこもって外に出ないからだ。足腰も弱ってくるし、何より外界の刺激がないから思考力も衰えてくる。このような高齢化スパイラルを破るのが、外へ出ること、そのきっかけをつくるのが旅行だと思う。

若いうちなら、ちょこちょこっと近場や、少し足を伸ばして遠方へと出掛けたはずだ。若さとは無謀を無謀と思わない行動力のことだ。今、分別に遮られた無謀を、手の中に取り戻すのが小旅行だとしたら、壁を壊すのは靖子たち職員に委ねられる。

靖子は鎌倉材木座海岸で、入居者たちが喜々として貝殻を拾っていた姿を思い起こした。その場に立てば、童心が蘇る。次は海ではなくて山か。山登りはさすがに負担が大きい。丘のような小高い場所で、遠くの景色が見渡せる小山が適している。

靖子は早速計画を練った。鎌倉には天園ハイキングコースがある。ここは人によっては苦痛を感じる上り坂がある。ではどこか。バスで登れて歩きが少ない小山。遠方ではなく近い場所。そうだ、大磯には湘南平という丘がある。ここなら近場だし目的に適っているようだ。

所長に小旅行の計画を提案した。

「今度は山ですか」

所長は首を傾げた。

「山というより丘です。湘南平、たいら、ですから」

靖子はきつい登りではないと強調した。

「バスで登るのですね」

「お年寄りなので、ハイキングができる人と、少しの丘でも登れない人に分かれます。ですから、バスで途中まで行き、そこから歩ける人は歩いてもらい、歩けない人は頂上までバスで行って、景色を楽しんでもらう計画です」

「なるほど、硬軟併せるという作戦ですね。分かりました。では、バス会社に連絡してみましょう。高森さんは参加できる人を募ってください。人数に合わせたバスを用意してもらいます」

所長が前向きだったので、小旅行計画はどんどん進んでいった。靖子は殆どの入居者が参加してくれるものと期待した。元々が部屋にこもらないためのバス旅行だ。紫園が計画を立ててくれるのは、高齢者にとっては有り難い催しになる。

「湘南平だって」

波多田は二つ返事では参加を示さなかった。

「遠くではないですし、高い山でもないのです」

「しかしだ、すぐ行かれるところはどうなんだ。あの丘は、確かに上から見下ろせるから見晴らしはよい。出掛けるのは刺激になるからではないのか。紫園から外に出て気晴らしを求める。悪くはない。悪くはないが物足りない。横浜とか東京から出向くのなら適切だろう。しかし、ものの十五分、二十分も走れば到着してしまうのでは、魅力的ではないだろう。場所としては悪くないが、小旅行とまでは言えないな」

波多田が異論を唱えた。

言われてみれば理に適っている。靖子は波多田の説に納得した。では、どこが適切なのか。

「波多田さんはどこがよいと思われますか。候補地があったら教えていただきたいのです」

湘南平を否定した以上、他の適地を示してほしい。波多田に示してもらうのが筋だ。

「わたしが決めろと言うのかね。それは考え違いというものだ。入居者は施設の方針に従うだけではないのか」

否定したのに従うだけというのは矛盾している。こういう場所があるという案を示してこそ、異見というべきものだろう。

とかく反対を唱える人は反対するだけで、対案を示さない場合が多い。異論を挟むのなら代わりの卓見を出すべきだ。それでこそ反対が生かされる。

靖子は波多田が、どこか靖子には思いもよらない候補地を、示してくれると期待した。介護士として勤め始めた頃の、ひたすら反論に徹する姿勢を見せなくなっていたからだ。寄り添うというか、闇雲に騒ぎ立てたりはしなかった。

「どこか、ありますか」

それでも靖子は意見を求めた。はい、そうですかと、すぐに諦めてしまう対応からは卒業していた。気の済むまで話し合う。活路はしつこさから生まれる気がした。

「どうしてもわたしに探せというのかね」

「探せというような命令ではありません。ご存知のところがありましたら、検討してみたいと思いますので」

波多田の気持ちを引き付けるように、靖子は訊ねた。

「検討か、なるほど。では、当然だが金のかかる案は論外だろう。かといって鎌倉では、またかと落胆されてしまう。金がかからず、しかし在り来りではない場所が候補地だな。なかなか難しい問題だ」

「難しいかもしれませんが、波多田さんなら手中にカードを沢山持っておられるのでしょう。シャッフルして手前の一枚を出すだけでよいのではありませんか」

「洒落た言い方だね。わたしが手品師のように思うのかな。生憎そのようなカードは持っていない」

「十枚くらいはありますでしょう」

「すっかり手品師にされてしまったようだな。では、こうしよう。明日までに候補地を考えてくる。今すぐだと単なる思いつきになってしまう。一晩じっくり考えれば、なるほどという提案ができるだろう」

波多田は一日の猶予を求めた。

靖子は性急に話を進めても、優れた案は出されないと思った。一晩考えるとは、しばしば使われる対処法だ。慌てて決めるものでもない。

「では、一晩考えてください」

靖子は波多田が、苦し紛れに回答を引き伸ばしたのではなく、慎重に選ぼうとしたのだと思った。

波多田が提案してきたのは、少し足を伸ばした真鶴だった。山ではなかった。

「低い山を予定していたのですが」

靖子は拍子抜けしたが、せっかくの案なので顔には出さずに問い直した。

「山は老人にはきつい。少しの登りでも音を上げてしまう」

「上までバスで行くのではなかったのですか」

「そういう山は少ない。ずっと遠くまで行けば、ケーブルカーやロープウエイがあるが、まるまる一日掛かりになってしまう。小旅行ではなく本当の旅行だ。目的とは異なる」

波多田はそれ故、真鶴半島にしたと答えた。

真鶴なら海岸ではあるが、岩場になっているから散策の楽しみがある。適切な場所に違いなかった。

「では所長に確認してみます」

靖子は提案を受け入れることにした。

たぶん候補地選びに苦慮したのだろう。低い山をいくつか選び、しっくりこないことから海を対象とした。その結果、真鶴半島に落ち着いたのだ。

「真鶴半島には漁港がありますね。近くに食堂が数多くあるので、お昼にお魚料理が食べられます。やはり、食べる楽しみは大切です」

靖子は大まかな旅行の青写真を示した。

「昼飯か。なるほど、わたしはそのような細かいところまでは、計画できなかった。とにかく場所探しをしただけだ」

「いえ、それでよろしいのです。細部はわたしたちが考えますから。計画ができたら参加者を募集しますね」

「募集？　なぜだね」

波多田が眉間に皺を寄せた。

「足が悪いとかで出られない人がいますから」

「違うだろう。紫園の重大行事だ。全員を連れて行かなくてどうする」

「でも、現実には」

「足が悪いだの、腰が痛いだのは、この際一切考慮しない。とにかく園の外に出てもらうのが、最大の目的ではないのか。第一、車椅子に乗せていけば済む。介護バスなら車椅子に乗ったまま乗車できる。何の不都合もない」

「確かに……」

また言われてしまった。何か言えば反論される。しかも今回は正論だった。

「真鶴で気をつけるのは、漁港ではなくて三ツ石海岸だ。半島の先で高台になっているから、海岸へは階段を降りて行かないと出られない。降りるのは諦めるのだね。足腰が丈夫でも高齢者には難所になってしまう。由比ケ浜とは比較にならない」

「高台から海を眺めるのですね」

「そうだ。しかしそれで十分だな。遠くを見晴らすと気分爽快になる。外に出た甲斐があったというものだ」

「だとすると、天気のよい日を選びたいですね」

「旅行の日は予め決めておくのだろう。運よく晴れ、運悪く雨になるのではないか。バス会社に予約するのだから、都合よく晴れの日にとはならない」

「では、幸運を祈ることにします。そうだわ、てるてる坊主を下げておきましょう」

「子供みたいなお願いだな。まあ、多少は効果があるか」

「ほかに晴れにする方法がありませんもの」

「まあ、よいだろう。気休めにはなる」

「波多田さんも参加されますね」

「わたしか、わたしは参加しない」

「ええっ、どうしてですか。だって全員参加だと言われたではありませんか」

参加しないとは。持ち前のへそ曲がりの種が芽を出したのか。

「わたしは丈夫だ。いつでも外の空気を吸える。敢えてバス旅行をする必要がない」

「そんな。集団活動を乱すのは良くないです」

「わたしに団体行動を執れと言うのかね。わたしはずっと気の向くまま過ごしてきた。真鶴旅行は気が進まない。だから参加しない。三段論法が成り立つ」

波多田は理屈にもならない理屈を言った。

「皆さんと一緒に行くのも楽しいと思いますが」

「わたしには楽しくない。一人で行動した方が楽しい。楽しさを感じる基準が違う」

「鎌倉には行きましたでしょう」

「あのときは気が狂っていたのだ」

「次回は頼朝の墓を見学するコースと言われましたよね」

「だから、気が狂っていたのだ。心神喪失、心神耗弱だな」

「そんな、都合よく気持ちが変わるものですか」

「だから、あのときはだ。今は平常に戻っている。裁判で被告の弁護をするとき、心神喪失、心神耗弱だからと無罪を主張する。わたしはこの手を使うことにする」

「分かりました。でも、今は狂ってはいないのですね」

「分からぬ」

「せっかく真鶴半島と決めてくれたのですよ。発案者がいた方が皆さんも喜びますし、気持ちも弾むことでしょう」

「そんなことでかね。誰が言い出したかなんて、本人の自己満足に過ぎない。わたしはこの程度で満足する人間ではないよ。わたしが満足するのは、もっと大きい成果が得られた時だ。

施設に入居している身には大それた事件は起きない。だから毎日、へそを曲げながら生きていくのだ」

人生観のつもりなのか、波多田は生きるよりどころのような基準を披露した。

自分のことが分かっているのだろうか。靖子は煙に巻かれた気がした。朱に交わらない生き方が波多田の信条なのか。随分と肩に力の入る人生の気がする。人様々だから否定はしない。でも、一軒家に住んでいるのならともかく、今は紫園という集団生活の場に暮らしているのだ。我を捨てるところがあってよい。というより、ある程度は妥協しないと、円滑に生きられないのではないか。ある程度とは遣いたくない言葉だ。波多田が噛み付く。でも、きっちり範囲を決められる場合は少ない。

きっと波多田は強欲なのだ。いつも意のままに進みたい。邪魔になる障壁は、壊してでも前に行きたいのだろう。

介護福祉士は対象の相手と、折り合いをつけながら職を全うする。波多田相手では、折り合いも妥協もなしに、過ごしていかなければいけないようだ。

今までぶつかりあいながらも、問題を起こさずにやってきた。波多田が我を通す人なら、折り合いをつけたのは自分になる。波多田が孤高を貫こうとするなら、妥協したのはわたしだ。でも、一方的な対応だけではうまくいかない。おそらく波多田にも、孤高の姿と世俗にまみれた姿があるのだ。それ故に靖子と決裂しないのだろう。

真鶴行きは拒絶したが、旅行日までには間がある。あと少しの粘り腰で説得すれば心変わりしてくれる。靖子は自分が放り投げない姿勢にかかっているると、改めて思った。

32

結局は靖子の粘り勝ちだった。

波多田は渋々と同意した。行ってやる、という態度。それでも構わないか。靖子は同じ土俵に引っ張り上げられて、ほっと一息ついた。

その後、真鶴半島旅行はつつがなく終了した。三ツ石海岸に降りられた人は、ウミウシなどの海洋生物を探して喜んでいた。高台で景色を堪能したグループは、心が解放された様子だった。

やはり外へ出るのは、大きな効果が得られる。高齢になって外出が億劫になると、部屋の中だけで過ごそうとする傾向が強くなる。自然と足腰が弱っていき、ますます外出を避けるようになってしまう。負のスパイラルに陥っていくのだ。

靖子は日常生活の介護はなるべく控えて、積極的に外の空気を吸うよう仕向けるのが重要だと感じた。介護施設だから生活の隅々まで手助けしてくれる。保護に慣れてくると自分でできることまで頼るようになる。

ひどいときには、費用を払っているのだから、何でもやってくれなくてはという考えに支配されていく。あれもこれも、ありとあらゆる日常些事まで依存する。結果として自立した人格から遠ざかってしまう。まず自助があって次に公助がある。まず公助ありに染まると、もう元へは戻れない。

介護するのが嫌だというのではない。介護は本人ができない日常を補佐するものだ。できることまで手を伸ばすのでは、介護の精神を逸脱していると思う。

鎌倉、そして真鶴半島、次はどこにしようか。また波多田に案を頼もうか。

真鶴半島では、波多田は海岸に降りず、売店のある広場で散策していた。足が弱っているので、ゆっくりゆっくりの歩きだった。紫園への入居理由が足腰の衰弱だった。頭がしっかりしているために、靖子はつい失念するときがあった。

波多田はずっと一人だった。半島への小旅行は本音では気に入らなかったのだろうか。参加しないと言っていたし、希望は低山か初島のようなリゾート地だったのかもしれない。いずれも紫園の入居者が団体で行くには無理がある。

一人で行動する方が性に合っているとしても、全員が同じ気質ではない。なるべく負担のかからない行動パターンになっていく。

あるいは健常者とそうでない人とに分かれて、別々に旅行計画を立てるのがよいのかもしれない。二組に分かれれば、一方に気をつかわずに済む。互いに気まずい思いはしない。

介護士にとっては二重の負担になるが、入居者が楽しんでくれるのなら、これくらいの努力は惜しんではいけない。これも仕事なのだ。

「波多田さん、お陰様で有意義な一日になりました。有り難うございました」

靖子は礼を言った。

「まずまずだったか」

波多田は表情を変えなかった。

「どうでしたか。体調は万全ではなかったのですか」

波多田がどこか精彩を欠いていたので、靖子は様子を探った。病気ならすぐに医師に相談しないといけない。高齢故に昨日が元気でも、今日も同じとは限らない。いきなり暗転する時はしばしばある。

「いや、いつもと変わらない」

波多田はあっさりと否定した。

「もしかして楽しくなかったのですか」

「知らない土地ではない。それにわたしが選んだ場所だ。わくわく感はなかったから、楽しんでいないように見えたのかな」

「つまらなかったというのではありませんね」

「ああ、そんなことはない。ただ、海岸に降りられなかったのが、我ながら情けなかったな。急な階段には違いないが、降りていく気力が起きなかった。仕方のないことだが」

波多田が珍しく弱音を吐いた。

靖子は波多田の弱気が気になった。自分から弱みを見せない人なのだ。ただしこの先も、ずっと気弱でいるとは限らない。今回だけ、あるいは今だけ、気が乗らなくて沈んでいるのかもしれない。

真鶴半島が事前の思いとは違って、同化できない催しになってしまった。だから気力が途切れたとみるべきなのだろう。仮に同類の行事を行ったとして、意図する結果が得られたならば、その時は元の波多田に戻るのではないか。

こう考えると波多田は、見かけの豪胆さの裏で、実は繊細な心の持ち主なのかもしれない。この見方が正しいとすれば、これに対する応対の仕方はある。ずっと豪放な人という人物像で相手をしてきた。これからは対応を変えていく必要がありそうだ。

「次回は波多田さんの、思いもよらない行事を考えてみましょうか。手放しで喜べるような、そんな企画ができたら楽しいでしょうね」

靖子が波多田の気持ちを和らげようと、無邪気とも言うべき計画を口に出した。波多田が反応してくれれば、気持ちが軽くなる。

「そんなに出掛けてばかりでよいのか」

波多田は素直には受け取らなかった。

「いえ、出掛けるのではなく、施設の中でできる行事も含まれています」

靖子は行事の中身を掘り下げようとした。

「それならカーリングもやったし、他にもあっただろう。それらをもう一度行ってもよいはずだ。何なら定期的に開催するのも悪くない。何も新しい計画だけが楽しみではないだろう。きみは仕掛け過ぎだな。どうだ、内心ではアイデアマンを誇示したいのではないか。図星だろう」

波多田がうがった見方をした。

アイデアマンのつもりはなかった。どうしたら入居者が楽しい生活を送れるか、ただそれだけを思ってのアイデアだった。全部が全部は許可されなかった。費用が掛かり過ぎるとか、まとめ役がいない、難しい行事で参加者が見込めないなど、色々できない理由はあった。

靖子はアイデア倒れになっても、それならば費用が少なく抑えられる企画とか、容易に参加できる行事を考え出して、運営に役立てようとしてきた。

波多田の主張は全く身に覚えがなかった。自分を尊大にするような行動は執ってこなかったはずだ。

「わたしは皆が楽しく暮らせたらいいなと思って、新しい行事を提案してきたのです。それだけですよ。だから、わたしが立派に見られたいなんて、今、波多田さんに指摘されるまで、思ってもみないことだったのです」

誤解は速やかに解かないと正解になってしまう。

「たぶん、きみ自身は、普通に介護に当たってきたと思っているのだろう。しかしわたしには背伸びして、自分の熱心さをアピールしているようにも見えるのだ。よく遣われる、あくまでも個人の感想になるのだが」

波多田が逃げを打った。

どのような感想も、突き詰めれば個人の主観に集約される。しかし、個人の主観の中に普遍性を見出そうとするものだ。一人が二人、二人が三人に、三人が多数に、そして一般大衆に広がっていく。

波多田の感想が、靖子を束縛するものとはならないはずだった。一人の感想にとどまるが、靖子には棘のように胸に刺さった。大袈裟だと無視すれば、無視できる。気に掛けなければ済む話だ。しかし、靖子の本質を突かれた気がして、聞き流すことができなかった。

わたしは熱心さを前面に出そうと、無理を重ねてきたのだろうか。

人の見方は様々だから、ある一面だけを強調して見てしまえば、ひとつの型に納められる。波多田はどちらかといえば、うがった見方に片寄りがちだった。もちろんそのように思うのは、やはり靖子の一方的な感想といえる。お互いが相手を型にはめようとしているようだった。

熱心だとか怠惰だとか、自然だとか不自然だとか。いずれも相手を見下そうとする心に由来する。少しも建設的ではなかった。

最初に波多田の考えを否定しようとしたところから、すれ違いがおきてしまった。元に戻すためには、拒絶そのものを否定すればよいことになる。仕掛け過ぎだという感想を、そうかもしれませんと肯定する。円滑な会話、笑って済ませられる対話になるだろう。

それならば、どうして突っぱねようとしたのか。もしかしたら成果を求め過ぎていたのかもしれない。はやる気持ちを波多田に見透かされていたのだ。ズバッと核心を指摘されて、思わず防衛心が強く出てしまった。

「わたしはわたしの考えで、物事を進めようとしてしまいました。波多田さんには我が強いと映ったのでしょうね」

「どうしたんだね。今度は反省か」

「いえ、やはり効果を狙い過ぎたのです。成果を上げるには強い意志が必要です。だから周りの人がどのように感じるかを見通さないで、気の済むままやり遂げようとしてしまいました。今、波多田さんに指摘されて納得しました。わたしがしたことを、分かってくれる人ばかりではないのです。鬱陶しく感じる人もいます。その方が多いかもしれません。でもわたしは、引っ張るのは誰でもできることではないと早合点して、思いついたままを実現しようとしました。先頭を走るのは心地よいですし、わたししかできないと独断専行するのも達成感がありました。独断というより独善でした。一番嫌われる姿です。鼻持ちならない奴と思われてしまったかもしれません。これからは……」

「待て待て」

波多田が靖子を遮った。

「はい？」

「そのように都合よく反省しなくてよい。いいかな、きみが独断に走るのは構わない。むしろ独善の方が、事は先に進む。わたしは批判したかもしれないが、きみは気にせず行動に移してもらいたい。さっきも言ったように、これはあくまでも個人の感想だ。第一、先頭に立つ人がいなければ、誰が纏めてくれるというのだ。きみの他に強い意志、高い意欲を持った人物はいないではないか。独断、大いに結構。独善、一向に構わない。わたしが何か言ったとして、それは独り言だ。そんな男の独り言、だったか。いや、女だったかな。だから聞き流してよいのだ」

波多田は随分と物分かりが良かった。

靖子は本意ではないと感じたが、口に出した以上は了解と捉えてよいと思った。言質ではないが、いわばお墨付きをもらったのと同じだ。

他の人の考えに左右されるのは、要するに自信のなさが背景にある。人を引っ張っていこう、全体を纏めていこうとするのなら、俺に着いて来い、みたいな思い切りがないと、着いていこうとする側が疑念を抱く。大丈夫かな、この人は、と。疑心暗鬼が生じたら纏まるものも纏まらない。

「では、お言葉に甘えて思うがままやってみます」

靖子は宣言するように言った。

「そうだ、その意気。頑張ってみなさい」

「はい」

「ただし、わたしはわたしの思いと異なる時は、注文をつけるよ。聞き流す訳にはいかないからだね」

やはり、か。靖子は疎ましくも思ったが、黙って従ってくれとは言えなかった。

「承知しました。わたしも波多田さんに指摘されないよう、細部まで気を配ってやっていきます」

「言い切れるのだな。しっかり頼むぞ」

波多田はお手並み拝見とばかり、靖子に采を預けた。

靖子は、それならば目にもの見せてくれるという、邪心が心に浮かんだ。

いけない、対抗しようなんて大人気ない。すぐに邪念を振り払った。

33

旅行から帰ると再び介護の日常に戻る。規則正しい毎日を送っていくのだ。

一見単調に思われるが、何事もなく日々を過ごすためには、恣意的な行動は慎む必要があった。

「きみは確か二十七だったな」

波多田が声をかけてきた。

年齢を訊くなんて、何か意図があるのだろうか。

「二十七です」

「三十も間近だな」

「はあ?」

「誰か相手はいないのか」

「相手?」

「もちろん結婚相手のことだ」

そんなことを訊いてくるなんて。

「いえ、決まった相手はいません」

靖子は正直に答えた。介護の仕事で手いっぱい。とても結婚相手どころではなかった。

「まさか介護に時間を取られて、誰かと付き合う余裕がないとでも言うのかね。それとも独身のほうが気儘でよいとでも」

波多田が心の内を見透かすように、核心を突いてきた。

「いえ、介護に追われているつもりはありませんが」

「仕事振りを見ていると、一生懸命なのはよく分かる。だが、結果として守備範囲を狭くしているように見受けられる。ゆとりのなさだな。熱心さのあまり、目の前しか見えなくなることはよくある。熱心な人ほど狭い視野に陥りやすい。きみにもその傾向がありそうだな」

面と向かって靖子の本質を、指摘してくれた人はいなかった。気に掛けてくれていたという、そんな印象だった。

「今は介護しか考えられないものですから」

靖子は仕事の未熟さを言い訳にした。

「いや、謝ることはない。わたしはきみのひたむきな姿勢に感謝しているのだ。ただ、介護士は相手のある仕事だから、要介護者への過剰な反応があってはいけない。極端な話、介護を受ける者が世話がやける、ちっとも言うことを聞いてくれない、思い通りに介護させてくれないなどと思い詰めてしまう。するとその先は、この人がいなければ、この世から消えてしまえばよいという、歪んだ理屈が頭をよぎるようになる。いや、他人事ではない。現実にこの種の事件が起きている。動機は今言った通りだ。もちろん身勝手な理屈だから、認めるわけにはいかない。ただし、動機としてはあり得るので、介護士の心のケアも欠かせない。突き詰めればもっと事件の背景に踏み込む必要があるのだ。大勢の要介護者を一人の介護士が見守るのでは、介護士の許容範囲を越えてしまう。思い通りに動いてくれない相手、また、思いもしない行動に出る相手、そんな人達でも、健常者が通常送る日々を過ごしてもらえるように介助するのだ。大変だな。どうだ、大変だろう」

「ええ、まあ……」

「きみの立場では大変だとは同意できないな。もちろん本音は大変と言いたいだろうが」

理屈を言う時、波多田の口は滑らかになる。

靖子は波多田自身が大変の原因だったのにと、介護に苦慮した日々を思い返した。波多田は身勝手に論じている。自身の有り様を忘れてしまったのか。

「大変なのはわたし自身だった。そうだろう。いや、答えなくてよい。その大変な相手に、少なくとも平静を保って介助してくれたのだ。腰が座った対応だった。だからという訳ではないが、更に安定した介護士の仕事をするために、相手を見つけてやりたいと思うようになったのだ。苦楽を共にする相手がいれば、しかもすぐそばにいれば心にゆとりが生まれて、仕事にプラスになるものだ。まあ、これはいわゆる私見に過ぎないから、人によっては何を呑気なことをと一蹴されてしまいかねない。理由は二人が仲良く暮らしていかれるのも、それなりの努力が必要だからだ。努力がという言葉が正しいか、それとももっと相応しい言い方があるのか、どちらにしても、ただ二人でいるだけで、気変わりすることなく過ごせるものではないだろう。わたしの実例があるからな。そうだな、年寄りのたわごとと聞いてもらえればいいか。そんなところだ」

波多田は一方的に話を進めた。もしかしたら本気で相手を連れてくるかもしれない。

「お話はよく分かりました。気に掛けていただいて嬉しいです」

やはり感謝しかないか。波多田がこの後、どのような行動をとっていくのかは分からないが、まずはお礼が先だ。

「わたしも今現在は、特定の誰かを予定しているのではない。具体的ではないのだ。一般論として家庭を持てば安心感が得られるというものだ」

靖子は波多田が、どこそこの誰かを紹介するのかと身構えていたが、どうやら違うようだ。杞憂と言えば大袈裟だが、ひとまずは安堵した。

「きみは相手の条件として、例えば背が高いとか、収入が多いとかの基準を設けているのかね」

紹介する相手はいないとは言ったが、この話が終わった訳ではなかった。具体的に候補を絞ろうとするようだ。

「わたしはそのような制限をつけたりしてはいません。考えたこともないです」

「すると、気が合うのが一番とか」

「そうですねえ、何と言ったらよいか。そうだわ、ちょうどよい、かしら」

「ちょうどよいか。なるほど、確かにちょうど良ければうまくいく。長く付き合っていかれる基本のようだね」

「ちょうど悪ければ、そもそもダメですし」

「よい基準だと思うよ。若い人からそのような考えが聞かれるなんて、頼もしい。長く生きていて良かった」

「頼もしくはないと思いますが」

「謙遜しなくてよい。頼もしいと思う。ところで、わたしの結婚は恋愛でも見合いでもなかった」

波多田が初めて夫人に話題が及んだ。

「え、ではどのような経緯ですか」

何だろう、興味深い。

「それはだな、要するに馴れ合いだ」

「馴れ合い？　何ですか、それは」

「馴れ合いは馴れ合いだ。雨の日に公園で傘を貸してあげたのが切っ掛けだった。あれは持っていなかった。小雨だったから傘がなくても平気といえば平気だった。だが、わたしは放っておけなかった。返さなくて構わないと言ったのだ。何日か経って傘を返しに現れた。わたしが公園に好んで来ると思ったそうだ。それから付き合うようになった」

「そういう場合は恋愛ではありませんか。でないと一緒になろうとは思わないでしょう」

「普通はそうだろう。わたしは恋愛という強い感情には至らなかった。いつの間にか二人で暮らすようになった。だから式も挙げていない。指輪も渡していない。家族の顔合わせもなかった。形をないがしろにした。それが悪かったのかな。ずっと長く暮らしていたのだが、いつ間にか溝ができて、いつの間にか出て行ってしまった。仕事にかまけて大切にしなくなったからだと思う。あれはあれで働いていたし、経済的に自立できたのだ。大失敗だった。若いうちの失敗は取り戻せる。五十にもなって失敗すると、取り戻す時間がない。手遅れだ。いや、出遅れかな。だから失敗は若いうちにしておくのだな。取り戻すための知恵が働く」

「色々あったのですね」

「そうなるか。いや、つまらないことを話した。右から左へ聞き流してくれ。参考になることなんて何一つないからな」

波多田は話を打ち切った。

靖子は決して無意味な話ではないと感じた。一人の人の人生は、それがどのような生き方だったとしても、ひとつのドラマになるのだ。まして馴れ合いだの、取り戻す時間だのと、自分の年齢では思いも寄らない人生観が込められていた。

介護を通して波多田とは、この先、より密着していけたらいいなと、改めて思った。

34

職業として介護に就いた。介護福祉士の資格を取得したが、二年間の経験では何かが学び足りないと感じていた。もう一度学び直すべきものか。現場に勝る学習なしとも言われる。

だから、毎日毎日が学校と考えれば、敢えて専門学校に通わなくとも学習はできる。

靖子は自分に不足しているのは介護のスキルではなく、もっと根源的なもの、おそらく人間力のような、広い知識と経験と意欲とに裏打ちされた力ではないかと思った。

では、学校で学び直して人間力が得られるかと言えば、その目的が達成されるとは言えなさそうだ。学校は基礎知識を学ぶ場であって、人間力とは別次元のものだ。人間力は、人が生きて行く過程で、様々な体験を経た上で養われていくものだと思う。

靖子は介護の現場にいる。保護されるべき人、しかも高齢者と対していると、自分自身が鍛えられていると感じる時がある。高齢者は靖子よりはるかに多くの人生経験をしてきた人達だからだ。経験の中には苦難もあれば歓喜もある。喜怒哀楽の全てが一人の人間に凝縮されている。それらの人が介護施設に入らなければならない状況になった。介護施設に負のイメージがあっては、楽しい暮らしが送れない。マイナスを払拭するのが、結局は人間力という深い心になるのだと思う。

「学び直しですか」

牛田育代が聞き返した。

「そうなの。わたしにもっと強さみたいなものがあれば、介護をもう少し上手にできる気がして」

「介護技術を学ぶのですか」

「技術ではなくて、人間性に関わることね。だから直接、手を取り足を取って教わるものではないわ」

「人間性は学べますか。だって、人が生きていくうちに、いつの間にか身につくようなものでしょう。身につくというのも変かな。何だろう、獲得かしら」

「たぶん。首飾りを首に掛けるのも身につけると言うのね。それとは全然違う。簡単に着替えられるものではないわ」

「靖子さんが介護をもっと上手にできるために、人間性の磨き直しという発想は理に適っているのでしょう。相手は生身の人間ですし、性格も様々。我が儘な人も多いから、思いどおりに介護するのは大変。人間力が重要になるというのは、よく分かります」

「大学に通ったからといって、人間力は得られないですね」

「大学はそういう所ではないでしょうね。でも学ぶ目的がはっきりしていれば、卒業してからの実績が築き上げていかれるでしょう」

「結局は社会で鍛えなさいという、ごく当たり前の結論になるのですね」

「靖子さんが学び直すとしたら、介護とは全然違う分野でしょうね。例えば生物学とか、心理学。心理学なら介護にも関係してくるか。他には法律、文学。こういう学問かしら」

「法律、ですか」

「法律は色々あるわ。その中でも民法かな。介護に応用できそう。権利とかを学ぶのでしょう。債権だったかしら、それと人権か。介護してもらう人を護るのは人権そのものでしょう」

「専門課程でも人権は学んだわ。基本的人権。身についているのかな。学生時代って社会に出ていないから、そういうものかで終わってしまう。社会に出て職業人になったとき、初めて理解できるのよ。もっとも、わたしの場合は理解には程遠いかもしれない」

「働くのは六十までとしても、四十年あるわ。今は六十よりずっと先まで働くようになっている。それだけの長い期間、職業活動を続ければ、学んだ知識が理解に深化するでしょうね。まして靖子さんが身につけたい人間力は、その気になって毎日を暮らしていると、いつの間にか力となって問題に対処できるようになるわ」

「経験するということね。ねえ、経験しないと理解できないとしたら、何も大学へなど行かないで、実践あるのみでよいのではないかしら。遠回りしているような気がする」

「いいえ、予備知識があるのとないのでは、対応力に差が生じるわ。極端な話、義務教育で読み書き算数を教わってきたから、新聞も読めるし、家計も、お金を計画的に使えるわけでしょう。もし字も読めない、計算もできないとしたら、実社会では暮らせないわ。それと同じで介護の基礎を学んできたから、速やかに施設で働ける。だから、靖子さんが学び直したいと言ったとき、自分に不足しているものを探して重点的に学べば、更に力になっていくのだと思うわ。学び直したいという気持ちになったのは、素晴らしいことなのよ」

育代が後押ししてくれた。

靖子は育代の友達思いに感謝した。わたしには応援団がいる。応援団の心意気を無にしてはいけない。本気で学び直そう。

さしづめ、昼は介護福祉士、夜は夜間学校で学ぶ学生生活になる。二毛作というのかしら。二つの異なる収穫を求めていくのだ。

でも、そんなに格好のよい姿ではないか。単純に夜学生の生活が始まるだけだ。どうせならせっかく乗り掛かった船だ。なんとかやり遂げたい。

靖子は大学の学部を何にするか迷ったが、人生そのものに直接関わる学問という理由で、文学部を選んだ。入学するためには当然、入学試験の壁が立ちはだかる。社会人となっているので、この壁は高そうに思える。万が一合格できなくとも、入試への挑戦は決して無駄にはならないだろう。

靖子は社会人が大学に挑むとき、優先的に入学できる制度があれば有り難いと思った。もしかしたら大学によっては、優先制度があるかもしれない。制度を利用するのは一つの手段だ。けれども普通に入試の門をくぐる方が、気持ちの上で勝っている。

靖子は文学部を目指して、参考書を揃えるところから始めることにした。

35

ねじり鉢巻きまではやらなかったが、夜になると机に向かう生活が始まった。

思い返してみれば、ほんの数年前には受験勉強に明け暮れていた。介護福祉士の資格を取得するために、何冊もの教科書をひたすら覚えた。暗記するだけと受験勉強を否定する識者もいるが、知識を得なければ、その後の実践現場での方向性を見出せない。この場合はこう、この場面ではこうだと、予め対処法を知っていれば道に迷わない。学習の意味は指針を記憶しておくことにあった。

「勉強、進んでますか」

育代が進捗状況を訊いてきた。

「計画通りよ」

「そうなの、よかったわ」

進み具合が気になるようだ。

「だって、まだ始めて少ししか経っていないもの。ここで躓くようでは、最初からやらなければよかったことになってしまう」

「仕事を終えた後だから辛いわね。眠くなったりしないのかしら」

「睡魔ね。全くないとは言えない。コーヒーを飲んだり、ガムを噛んだりして乗り切っているのよ」

「やはり、そうか。わたしなんかテレビを観ていて、瞼が閉じてくるのよ。情けないわ」

「それは仕事を頑張ったからよ。手抜きしていたら眠くもならないはずだわ。とにかく、何も起きていないときでも気を使っているから、精神的に疲れてしまうものね」

「タフさが必要なのは本当のことね。わたしは学習より体力づくりだわ。頭は鍛えても、今以上良くなりそうもないし。とにかく体力勝負なのよ」

育代は育代で、課題に直面していた。

体力の必要性は社会人になって身に染みた。特に夏、暑い毎日を送るし、学校と違って長い夏休みはないから、夏バテしてしまった。社会人一年目の苦い経験だった。

育代も同じ思いをしたのだろう。それ故、体力づくりが大切だと言っているのだ。その方法は、ジョギングとか筋力トレーニングとかの適した運動がある。

靖子は学習の後は、せめて筋トレで体力をつけるのだと思った。ただし、トレーニングする時間があるだろうか。教科書を閉じたら、そのまま布団へ直行になりそうだ。筋トレは、ほんの五分か十分。時間はつくれるはずだが早く眠りたい。頭のトレーニングをしているから、それだけで十分ではないか。じゅっぷんとじゅうぶん、同じ文字なのに内容は全然違う。元々は十分間と十分な時間と記載していたのかもしれない。

各部屋を回る。

「来たか、学生さん」

波多田がニヤニヤして言った。

「えっ、学生」

「聞いたよ、学校へ入り直そうとしているそうだな」

「準備中です」

「偉いなあ、学び直しか。よく、その気になった。感心感心」

波多田が褒めると裏があるように感じる。

「まだ合格したわけではありません。ですから入学できるかどうか」

「なあに、やってみなはれ、だな。その意気や良し」

前にも聞いたような励ましだった。

「仕事をしていて、何かが足りない気がしましたから」

「不足分を埋めたいのか。そのために改めて進学しようとする。一般的には思いつかない方法だ。そうだな、例えば通信教育がある。これが一般的だ。一般的では物足りなかったか。思った成果が得られないかな」

「いえ、全然考えに入れていませんでした」

「夜間か。入学しなければ学び直しにならないと言うのだな。ところで何年間かな。大学は四年だが」

「二年間です。短期大学ですので」

「すると専門のところをみっちり学ぶわけだ」

「そうなります」

「しっかりやりなさい」

「頑張ります」

「言わずもがなだが、毎日の介護業務は疎かにしないでくれ。夜間の勉強があるからといって、本業に手を抜いては本末転倒、何のために入学したのか分からなくなる」

「十分、気をつけます」

「入居者の中には懐疑的な者もいるかもしれない」

老婆心のつもりか、波多田は気を配ってくれた。

靖子は不思議な気がした。むしろ手抜きと騒ぎ立てるのが、波多田ではなかったのか。コーヒーを出せばココア、ココアを出せば紅茶。ことごとく否定してきたのが波多田だった。これほどまでに物分かりが良くなるなんて、心境の変化がどうして起きたのだろう。

毎日の食事の介助、部屋の掃除、出掛けるときの会話。多くを語り明かした経緯はなかった。

真鶴半島へ出掛けてから、会話が多くなった。行き先を選んでもらったことが、きっかけといえばきっかけになる。小さな出来事だが依頼して良かった。

靖子は自身の行動を振り返ると、何でも真っ先にやってきたように思う。よくいう、率先垂範。あるいは思い立ったが吉日。人の意見を聴くことは少なかった。

正しい行動を執るのに、どうして相談しなければいけないのか。極端にいえば、一人勝手な論理となる。リーダーシップのようで、実は我が儘放題と言える。むしろ気儘な行動に過ぎない。

迅速に事を進めるためには、自分で考えたままを実行する。後先を気にしなければ、これに勝る行き方はない。結果の全てを引き受ける覚悟があれば、とにかくやってみることだ。

それでも靖子は、自分の視野の狭さを感じることが多かった。識者に意見を問うのは、やはり必要なのだろう。特に失敗を防ぐ手段として有効だった。しかし靖子は満足しなかった。有識者の見解が全てではない。間違っている場合もあるはずだ。というより全てを委ねては、自分自身の存在が否定される。それは最も恐れなくてはいけない事態だった。

靖子は二十七歳だった。人生の機微を味わい尽くした年齢ではなかった。人生などという日本語とは無縁だった。要するに、これからだった。未熟とか完熟とか、爛熟とか腐乱とかの対象からは外れていた。

「二十五なら夜学に通うという発想は自然に起こる」

波多田が自説を続けた。

「二十五、ですか」

「そうだ。二十七だと少し遅い。そんな気がする。もちろん手遅れではない。二十代の二年は、相当に大きいからだ。三十だと、おそらく手遅れだ。論外になる。当然ここにも例外はある。司法試験を何度も落ちて、三十を過ぎても挑戦する者はいるが、よほどのことがない限り合格しない。否定するつもりはないが、難しいだろう。転職も三十までだな。三十過ぎて定着していないと、世間は足腰の定まらない人間としか見てくれない。デラシネか。格好よい言葉を遣うとデラシネ、つまり根無し草だ。世間からは弾かれてしまうな。その意味で、二十七で決断したのは特筆ものだし、よくその気になったと思う」

波多田が後押しした。

「波多田さんは経営者さんですね。だからそのような価値基準を持っておられるのですね。素晴らしいわ」

「経営者といっても、いつも言っている通りちっぽけな会社だよ。とても経営者だなんて言えた代物ではない」

「中小企業の社長さんのほうが、大企業より優秀だと聞いたことがあります」

「中にはそういう人もいるという話だろう。大企業なら役員にのし上がっていく過程で、競争相手がうじゃうじゃいる。その中で頭角を現わすのだから、やはり優秀なのだ」

「中小企業は社長さんが全部動かすでしょう。企業戦略から財務会計、人事、採用、設備投資、全てを決断しなくてはいけませんね。神経を研ぎ澄ましていないといけないそうです。ですから役割分担ができる大企業とは、比べものにならないくらい守備範囲が広いのですね」

「規模が違うよ。全部できるし、全部をやらないと会社が存続しない。その程度の大きさなのだ。大したことではない」

「謙遜しなくてもよいですよ。経営者には違わないのですから」

「何だか別の話になってしまったな。きみにエールを送ったはずなのに」

靖子が問い質したので、波多田の考えを聞くことができた。人の上に立った人の考え方は意義深い。影響力が大きいのだ。そして言うまでもないが、判断を誤るとマイナスの影響も大きい。むしろマイナスの方がはるかに大きいように思える。そのような会社人生活を波多田は送ってきたのだ。

靖子は、それでも波多田が、ことごとく反対したり、独自の行動をとってきたのは、何故なのだろうかと思った。苦楽、中でも苦の部分が多かったはずだ。苦が伴えば、当然のように、他の人に対する優しさに繋がるのではないのか。思いやる心が増幅されると思う。

それなのにも関わらず、靖子の思いに、行動に、批判の態度を繰り返した。

淋しさだったのだろうか。独り施設に入り、誰も知り合いのない生活に苛まれる。経営者であるからには、右と言えば右を、左と言えば左を向く人を相手にしてきたはずだ。多くの者の上に君臨する絶対者だった。施設の中では四面楚歌、命令を下す部下はいないし、君臨しようとすればそっぽを向かれてしまう。

唯一、我が儘を聞いてくれるのが介護士だった。更に、その中でも高森靖子は、顔色ひとつ変えずに従ってくれた。それ故、我が儘がエスカレートしていった。摩擦を避けるために隠してきた地の部分が露になった。

おそらくこのような流れだったのだ。靖子は自分なりに波多田の行動を分析し、仮説とはいえ一つの結論を導き出した。

この答えが正しいとすると、一見理不尽な反応にも裏付けのあることが見えてくる。表に現れているところだけで判断しては、本質を見誤る。一方的にレッテルを貼っては片手落ちなのだ。裏からも表からも現象を見抜く目を持つ。これが波多田との軋轢の中で、靖子が得た教訓だった。

相手にしたくないと何度思ったことか。でも、逃げないでよかった。逃げてしまえば楽だが、この姿勢からは何も生まれない。もしかしたら、波多田が軟化したように見えたのは、靖子が介護に当たる姿に共感を覚えたからかもしれない。何を言っても立ち向かってくる、無理難題を突き付けても、当たり前のように結果を出してくる。共感を覚えても不思議ではなかった。

しかし、違うな。そのような単純で嬉しい結論ではなく、靖子の動じない姿に波多田は辟易したのだ。対応を試した面も確かにあった。きっと音を上げる。陰湿ともいえる楽しみを波多田は味わおうとした。それにも関わらず、試練とも思わない靖子に、歪んだボールを投げるのはつまらなくなった。

考え過ぎだな。それではわたしがヒーローになってしまう。波多田がどのように思おうと、わたしは介護福祉士として、要求に応えるだけなのだ。決して立派でも優秀でもない。この道十年のベテランと比べれば、まだまだ未熟、修行が足りない。

平凡に恬淡と介護職を担っていく。それだけでよいのだ。上手だとか熱心だとか、自分で自分の評価を下しては、実態とは掛け離れてしまう。仮に少しでも対応が上達したとすれば、波多田のしつこさはよい教科書だった。

波多田がいなかったならば、どうしたら喜んでもらえるかとか、もっと別のやり方があるとか、考えに考え抜いて自分の全てをぶつける対応はしなかったはずだ。

一時的には逃げたい、担当したくないと思った波多田だったが、自分のでき得る応対を続けてきたので、場面場面の適切な支援がなされてきたのかもしれない。

反面教師とはちょっと違う、正面突破も相応しい言葉ではない。いずれにしても積極的な関与が、靖子の心を強くしたと言えるだろう。

靖子は、次に何が起きても、適切と思える対策をしていこうと思った。

36

予定したより受験勉強は遅れていた。介護の仕事が終わってからと時間割はつくっておいたが、介護にアクシデントはつきもの。学習を計画通りには進めさせてくれなかった。勢い深夜にまで机に向かうことになった。

睡眠時間を削って学習するのは、当然翌日の業務に悪影響が出かねない。靖子は細かく休憩を取ることで睡眠不足を補おうとした。十分、もっと少なく五分の安息が体力の回復に役立った。

初めのうちは短い時間で十分だった。ひと月、ふた月と経過していくうちに十分ではなくなっていく。ふっと気力が薄れるときがあった。

「靖子さん、大丈夫？　わたしの目にも疲れが残っているように見えるわ」

牛田育代が心配そうに顔を覗き込んだ。

「ちょっとね、でも大丈夫。すぐに慣れる。一年間の辛抱ですもの。三月を過ぎれば、あとは無理しなくてよくなるわ」

靖子は心配を掛けまいと、短期決戦を強調した。

本当は入学試験まではなかった。無事に入学できても、その後の学生生活が始まる。夜間の学校だったので、やはり仕事が終わってからも数時間は学ぶ日々となる。大学までの通学時間もある。合格したという安心感はあるが、卒業に向けた本格的な研鑽が待っている。

入学試験は一過性のものだが学生生活は継続した日常になるのだ。

「辛かったら介護の仕事は、わたしが代わってあげるね。少しでも負担が軽くなれば、両立しやすいもの」

育代が応援すると、力強く申し出た。

靖子は有り難かった。これまでも助け合うときはしばしばあった。友人とか先輩とかの関係を超えて、職責を全うしようとする心意気の現れだった。

「ご免なさい。わたしが学び直したいと思ったものだから、育代さんに迷惑をかけてしまった」

靖子は素直に謝った。

「何言ってるの、お互い様でしょ。第一助け合うのは当然だし、特別に感謝される程のことではないわ」

育代の応援は施設の業務が滞らないために、相当のウエイトを占めていた。合格し、そして卒業した後は、人間的に幅をもって介護の質を高めるのだ。そのとき育代へのゆるぎない支援ができる。

靖子は学業の目標を内面の成長に置いていたから、必ず成し遂げたいと改めて思った。

「いいのよ、わたしはわたしで、介護福祉を極めるのだから」

育代が胸を張った。

方法はそれぞれ独自だ。学校で学ぶことだけが方策ではない。

「そうよね。育代さんは実践の中から学んでいくのでしょう。わたしとは違う。自分で掴み取れるのが一番なのよ。わたしにはそれだけの力がないから、学び直しになってしまうのだわ」

「謙遜しないで。だって、紫園で新しい取り組みをしたのは、靖子さんの提案からだった。

今までがそうだったから、この先も同じになるでしょう、きっと」

「あれは単なる思いつきよ。本当に役に立ったかは、まだ計れていない。もっと色々な提案をしないと、結果には結び付かないでしょう」

「それを思いつくのが靖子さんなのよ。考える視点が鋭いのだわ。わたしも考えようとするのだけれど、考えが纏まらないのね」

「わたしが提案したのは、小旅行とかスポーツ大会とかの、ごく身近な催しだわ。考える程でもないのよ。ただ、その程度の行事もやってこなかったのね。紫園自体に未整備のところがあったのだわ。でもこれからが大事。運営の基準ができてきたでしょう。同じ事業の繰返しも大切だけれど、それだけでは飽きられてしまう。魅力的な施設にはならないわ。だとすれば、今まで以上の運営が求められる。そのとき運営する人に知恵がないと、前例踏襲になってしまうわ。わたしもきっとそうなる。だから、介護とは別の分野を学んで、人間の幅を広げたかったのよ。足りない人間は足りないことしかできないと思う」

靖子は進学の挑戦動機を話した。強調したのは未熟だから挑むという、入学を思い立ったスタートのところだった。

人間的不足を、これからの学びを通して補えられるのではないか。社会人生活にも本質的な学びがある。体験から得られる知見は、実践から得たものだけに貴重だ。

でも、賢者は歴史に学び、愚者は経験に生きるという。わたしは愚者そのものだ。経験に生きていたら、こじんまりと過ごす日々になってしまう。

もちろん経験は経験で何物にも代え難い。生きた証しになるからだ。それでも靖子は歴史に学ぶことを求めた。

高等学校三年のとき、介護を仕事にすると決めた。それ故、大学は福祉を選んだ。専門知識や介護技術は確実に習得できた。学ばなかったのは人間の幅だった。元々学校で学べるものではないのかもしれない。相手が介助を必要とする生身の人間である以上、自分自身の人格的魅力のようなものが要求されるのではないか。

卒業して二年間は就職浪人を経験した。企業の選り好みをしてしまった。紫園に採用され介護職に就いた。介護職員の日々を送ったが、人としての幅の狭さを実感した。もう一度学び直せば何かが得られるのではないか。贅沢な進学理由だと思う。許可してくれた所長に感謝しなくては。そして約束通り人間性を磨いて、介護職を追い求めていくのだ。

「あと八カ月ですね。長くはないかな」

育代が感想を言った。

「そう、短いですね」

靖子は育代や紫園のスタッフ、そして入居者のために必ず合格するのだと誓った。

「どうだ、入試の準備は進んでいるかな」

食堂で顔を合わせると波多田が様子を訊いてきた。波多田も気になるようだ。学校を卒業し、職業に就いて、その上で入学し直すなんて、殆ど見られないことなのだ。準備の進捗状況を知りたくなるのも、無理はなかった。

「概ね計画通り、順調に進んでいます」

靖子は実際よりも予定をこなしていると答えた。遅れていますとは間違っても言えなかった。

「計画通りということは、計画が正しかった証明になる。進み過ぎていれば計画が甘かったわけだし、遅れていれば詰め込み過ぎたということだ。予定以上に進んでいると、一般的にはよく頑張ったと褒めるものだが、それは間違いだ。本当はもっと課題を増やしておけたのに、躊躇したというのが正確なところだね。もちろん遅れてしまうのは論外だ。無計画、あるいは無謀になるかな」

また波多田が持論を展開した。

言われてみれば納得できる。靖子はいつもながら波多田の思考回路に感心させられた。

「波多田さんは仕事でも、毎年計画を立てて経営されていたのですね」

「そうだね、計画は羅針盤だ。期首に年度の目標を立てる。売上はいくらで前年比10パーセント増、利益はいくらで、やはり8パーセント増などだ。増収増益を基本計画として、具体的に何を増やすか、何を削減するか。設備は、人員はと細部を詰めていく。計画通りに一年が過ぎるなんてことは、殆どなかった。経済は生き物だから期首と期末とでは違ってしまう。だから、しょっちゅう軌道修正の繰り返しだ。売上高はともかく利益は計画通りに得たいからな。経営なんて因果な商売だよ。まあ、人に奨めようとは思わないが」

引退して何年が経つか。現役時代を思い返して、実感の籠もった感想だった。

「波多田さんは、人には奨めない仕事を、長年やってこられたのですね」

「まあ、そうなるか」

「偉いですね。だって、人は嫌がるってことでしょう」

「いやいや、そんなに大変な仕事でもないな。要するにやりたくてやっていたわけだから。何というか、自業自得か。そうだな、自業自得。他には自画自賛、我田引水か。外からは窺い知れないだろうが、視点を自分自身に置けば、そんな言い方が適切になるか」

本当は大変だったのだろうが、波多田は楽観的だったと答えた。

靖子は楽観だったことが、挫けない理由なのだと思った。悲観に陥ると全てが空回りしていく。必ずうまくいくと信じていれば、うまくいくのだ。というより、それくらい思いを強く持たないと、ちょっとの躓きで挫けてしまいそうだ。躓いた後の回復力が大切なのだと思う。

試験勉強は予定通りには進んでいなかった。ちょっとの躓きだった。でも、ちょっとなのだ。大幅ではない。挫ける程の遅れではなかった。

「きみはどちらかというと、難しく考える傾向があるようだな。つまりは真剣の証明みたいなものだ。深く捉えようとするのは、何等かの結果を残すためには重要な要素だ。分水嶺というのかな。良い方に行くか悪い方に行くかの別れ道、分岐点だね」

波多田が視点を変えた。

「分水嶺、ですか」

「そうだ」

「難しい言葉ですね」

「人間、どこかで人生の別れ道にぶつかる。別れ道はぶつかるとは言わないか、分岐点に立つと言うのかな。そのときどちらに行くか、選び方で良くも悪くもなる。分水嶺だからだな。単純に言えば、それが人生ということだ。そして選び方を人生観と言うのだ。右を選ぶか左を選ぶか、分かりやすく言えば持ち味になる。一方を選択すると他方は捨てるわけだ。捨てたのはその道には価値がないと認めたからだ。この有り方を人生観、持ち味、価値観、こんな言葉で表している」

波多田がやはり波多田節をうなった。

「有能な者は行動し、無能な者は講釈する、だったかな。昔の劇作家の名言だ。さしずめ、わたしは講釈ばかりしているから無能になるか」

この人は分れ道を現在の姿になるよう選んできた。その選び方は独自の人生観によるものだという、自負があるのだろう。だから理屈を捏ねたくなるのだ。毎回聞かされてきたから、悪く捉えれば耳にタコができると否定してしまう。でも、聞いていると何故か心地よい。

靖子は自分自身の人生観はまだ築けていない、これから築いていきたいと願った。

何気なく生きても一生、分水嶺を意識するのも一生、どちらが正しくてどちらが間違っているかという、合否には馴染まない。後になって振り返ってみたときに、その時その時の選択が、今の姿になっていると思うだけだ。

「何か偉そうな話になってしまった。会社など悪人でないと動かせないところがあるからな。いい人は社長になどならない。きみは熱心に聞いてくれるが、わたしの話が為になるなんて思わないでくれ。要するにヨタ話だ。年寄りの戯言に過ぎない」

波多田が謙遜した。

「いえ、そのような低レベルのものではありません。励みになりますから」

「実のところ、年寄りは話し相手がいなくなるのだ。昨日まで友達だった者が、今日は死んでしまう。一人減り、二人減り、気が付いたら自分一人になっていた。こんなことが日常的に起こる。わたしには初めから友達などいなかったから、平気と言えば平気だが、話し相手になってくれる人がいないのは辛い。だからきみはわたしの救いの神なのだ。最後の砦になる」

「わたしを買い被ってはいけません。わたしは介護士。波多田さんも他の入居者の方も、楽しく過ごしてほしいと願っているだけなんです」

「その楽しく過ごすのが至難の業なのだ。例えば病気を抱えていたり、家族と折り合いがつかなかったり、経済的に困窮したりと、平穏な暮らしには遠くなってしまう。幾つになっても悩みは尽きない。歳を取って枯れていかれればまだマシだが、むしろ欲望はどんどん膨らむ。そこが年寄りの厄介なところだ」

「では、波多田さんも」

「自分の可能性は失われているのに、欲望は失わない。まだまだだと、自分に鞭を打っている有り様だよ。始末に負えない」

「そんなふうには見えませんが」

「よく聞くだろう、年寄りが周りに威張り散らすことを。原因は自分では何もできなくなった分、周囲へ存在感を示そうとするからだ。社会的地位が高かった者ほど、この傾向が強い。時々見かけるだろう、レジで店員さんに、遅いとか言葉遣いが悪いとゴネる年寄りを」

「確かに見かけることはあります」

「そういう年寄りは、得てして地位が高かった者が多い。現役の頃の立場が忘れられないのだ」

「地位が人をつくる、と言いますが」

「つくらない。つくってほしいという意味だ」

「みんなが皆、同じではないのではありませんか」

「もちろん例外はある。そういう人は人格者だと特筆される。数が少ないから目立つ。目立つから皆同じだと錯覚する。現実は少数だ。目立つのは少ないからだ」

波多田は人格者が稀と断言した。

靖子は波多田の言葉一つひとつを、噛み締めるように聞いた。

「わたしは碌でもない人間だ。自分で言うのだから間違いない。短い付き合いだが、よく分かるだろう。さっき地位が人をつくると言ったな。地位がつくるのではなく、人間として相応しいから地位につくのだ。順番が逆だな。だからわたしは碌でなしなんだよ」

「否定し過ぎではありませんか。実際、高い地位に付かれていたわけですし、相応しい人が地位に付くなら、碌でなしではないはずです。矛盾していますね」

「いやいや、これは本当のことだな。要するに例外なのだ。自分を変人だと思っていないと、落ちるところまで落ちる」

「歯止めみたいなものですか」

「歯止めか。なるほど、うまいことを言う」

「いえ、単なる感想です」

「そうでもない。端的に状況を表すのは難しいものだ。それが言えるのは、ものごとをきちんと掴めているからだ。一種の能力だから、これを磨くといい」

「なんだかくすぐったいです」

「大学へ進むんだね。こんなことも視野に入れて学習するといい。大学は高校までと違って自分で研究できる所だ。教わりに行くのではなく研究しに行く。ここが大きく異なる」

「まだ合格していません。これからです」

「志が強ければ大丈夫だ。みんなが進学するから行くのではない。やりたいことがあるから行くのだ。合格できなければ幻。幻になってはいかん、現実にしなくては」

随分と励まされた。波多田がこれほどまでに思っていてくれたとは意外だった。介護の仕事に就いた最初の頃は、靖子のやることなすこと、全て拒絶していたようなところがあった。あれはわざとそうしていたのだろうか。わたしがどこまで介護を全うできるか、短気を起こさず辛抱強いか、介護職員として適切かどうか、試していたのだろうか。

まさかそのような行動をとっていたとは思えないが、今の言動をみると、当たらずといえど遠からずのようにも思える。でも、もし本当だったら、屈折した精神が隠されていたのだろうか。

たぶん違うな。心の赴くままわたしに接していた。反応を試すのではなく、ちゃんと要望を満たしてくれることを期待していた。あくが強いのは確かだ。しかしあくどいとまでは言えない。

人間は晩年の不幸を嫌がる。高齢になればなるほどこの傾向が強まっていく。だから無理難題を突き付けて、自分の幸せを満たそうとするのだろう。

わたしが手を焼いたのは、波多田がわたしという人間を知らないので、要求に加減をしなかったためだろう。何でもやってくれるじゃないか。逆に何にもやってくれないじゃないか。だとすると、やはり試していたのか。微妙に違う気がするけれど、どこまで対応してくれるのかを、見極めていた様子は否定できない。試すとか試さないとか、気持ちは良くない。仕方がないのかな、試したくなるのは。過度な要求をされれば拒絶もしたくなる。わたしは不貞腐ったりしなかっただろうか。しなかったと言い切れる自信はない。聞こえなかった振りをするとか、後でとかと、関わらないように先送りする。こんなふうにかわしていたときもあった。

逃げている限り要求はエスカレートする。願い通りではないにしても、何等かの対応をすることで、不十分ながらも満足は得てもらえる。たぶん不満のままに放っておくと問題が大きくなる。相手をしてくれるという安心感が、人間関係を良好に保つために大切なのだ。

「いや、つまらない話で勉強を止めてしまったな。つい話が長くなってしまう。年寄りの怪しからんところだ。邪魔しないように気をつけるよ、それじゃ」

波多田は軽く手を上げて自室へ戻っていった。長いといっても十分程度、特別に学習を遮られたとは感じなかった。でも貴重な時間は戻らない。とにかく寸暇を惜しんで受験に邁進しなくてはいけない。

靖子は残っていた仕事を手早く片付けることにした。

38

波多田が紫園を去ったのは、それから間もなくのことだった。

施設の玄関先に、引っ越し専門業者のトラックが横付けされた。

「誰か新しい人が入ってくるのですか」

靖子は所長に訊ねた。

入れ替わりは珍しい出来事ではなかった。部屋は空きがあったから、入居者は積極的に受け入れていた。一方で不幸にも亡くなる人がいて、必然的に空室になっていく。

「入居でなくて、出ていかれるのですよ」

「亡くなられた方はいませんが」

「波多田さんが他の施設に移ることになりました」

「波多田さんが」

靖子は聞いていなかった。

他の施設に移るというのなら、既に契約が締結されているはずだ。一日やそこらで簡単に決められるものではない。他に移るためには、ある程度の期間が必要になる。新しい施設も探さなければならない。気に入った施設があっさり見つかるとは思えなかった。なにより紫園がもの足りなくなったとしたら、靖子は自分の対応が原因だったのかと、気持ちが落ち込んでしまう。

どうして言ってくれなかったのだろう。引っ越し車を目撃して気付くなんて。今までの介護は意味がなかったのか。仮に価値がなかったとして、事前に教えてくれてもよさそうだ。あるいは、わたしをがっかりさせたくなかったのか。そうだとしても、どうせ分かることだ。はっきり紫園も、そして高森靖子も満足できなかったと言ってほしかった。

こっそりいなくなるなんて。わたしへの励ましは何だったのだろう。わたしのやってきた介護も、意見を訊いたことも、全てが空しくなった。

「高森さんのことは、感謝していると言ってましたよ。随分困らせてしまった、とも」

所長には靖子への思いを話していたようだ。でも、人伝てに聞くよりは面と向かって言ってほしかった。直接には言いづらかったのだろうか。別れは辛いものだ。だから辛さを強く感じたくないならば、会わずに去ってしまうほうが、気持ちの上で楽だ。そんなふうに思ったのかもしれない。

靖子は介護する立場だったけれど、波多田にはお世話になったという意識が強かった。我が儘放題に要求を突き付けられたときもしばしばあったが、要望に応えることで、介護職員として立ち向かえるようになったのは事実だった。

「育代さんは聞いていましたか」

靖子は牛田育代に訊ねた。

「聞いていました。ただし、つい先日のことです」

唐突とはいえ育代は知っていた。知らなかったのはわたしだけだったのか。

「水臭いわ」

「あ、ご免なさい、教えてあげなくて」

「育代さんじゃなくて、波多田さんのことよ」

「波多田さんは靖子さんに伝えなかったのですか」

「そうなの」

「それで水臭いと思ったのね。波多田さんは靖子さんとの関わりが強かったものね」

「というより、やり残したことがあるから」

「やり残したこと？」

「波多田さんと実現を約束したのよ」

「約束？」

「そう。施設の中にコンビニを開店すること」

「お買い物か。なるほど、紫園にコンビニがあれば、わざわざ外に買い物に出なくて済むわね。そんな約束をしていたんだ」

「少しずつ実現に向けて進んでいたのよ。業者も何社か当たって、ここなら出店してくれそうという会社を、見つけたところだった」

「では、現実化されるのを見ないで、どこかへ行ってしまったのね」

「移るにしても、待ってくれてもよかったわ。波多田さんの喜ぶ顔が見たかったから」

「よくよくの事情があったのかしら。あるいは、もっと条件のよい施設が見つかったとか」

「もし、そのような良い施設に移るのなら仕方がない。わたし達の力が足りなかった訳だから。接し方に問題があったならば悔やみきれないわ。力不足なのね。安心して暮らせない。色々新しいことに挑んでいるみたいだけれど、口先だけで少しも実現していない。できるのを待っているより、既に実現されているところに移ろう。こんなふうに考えたのかもしれない」

靖子は自分なりに波多田の心を推し量った。

みな、わたしが希望を持たせたのに、希望のままで終わってしまった。この結果に失望したのだろうか。

「靖子さん、あなたのせいではないと思う。波多田さんには事情があったのよ。だって、靖子さんの計画を後押ししていたでしょう」

「後押し？」

「注文をあれこれ付けていたわ。それは実現を期待したからでしょう。もし、ほらを吹いてと思ったならば、注文なんかしないわ。　最初から否定するかそっぽを向く。　要するにアドバイスだったのね」

育代が冷静に分析した。

靖子は育代が慰めてくれたのだと思った。入居者は他にも大勢いる。その中で波多田とは特別に関係が深かった。確かに靖子の計画を拒絶もしたし、意見も言われた。口を出すので、最初に波多田に計画を切り出すようにもなった。的確なアドバイスもあった。意見のための意見という悪癖のような指摘もあった。

今になってみれば、口を挟んでくれてよかったのだ。良いとも悪いとも、俺には関係ないという態度が一番困る。良い悪いだけで、どうして、がないとやはり困るが、波多田は何故なのかを明らかにしてくれた。

時は苛つくこともあったが、冷静になって見直してみれば、決して的外れではなかった。その波多田がいなくなった。別れを告げずに去って行った。うるさく言ってくる人ではなく、うるさく言ってくれる人、親切心、あるいは老婆心のなせる業だったのか。

靖子は心の空洞を感じた。

39

紫園の中にコンビニエンスストアが開店した。納入業者がようやく見つかったからだ。扱う商品は日用雑貨だけだった。食料品は日持ちのする菓子類だけで、弁当やおにぎりのように消費期限が短いものは置かなかった。商品管理に時間をとられてしまうからだ。それに食事は紫園で用意している。あえて置かなくてもよいというのが理由だった。

日用雑貨なら比較的長い時間、商品を並べておける。業者は店員を置かず、セルフレジ方式の店舗にした。数量の減少で販売数を掴める方法を採った。小さな店だったし、紫園の中という購買層を相手にするのでは、店員の人件費が負担になる。コンピューター管理であれば、初期費用は掛かるが、運営が始まればコストは少なくて済む。業者はイニシャルコストとランニングコストの違いだと教えてくれた。

靖子は業者の提案に、餅は餅屋だと感心した。靖子も店員をどうしようかと、頭を悩ませていたからだった。

買い物客、つまり入居者にはおおむね好評だった。おおむねというのは、一つは食料品がないこと、一つは扱う商品が少ないためだった。おにぎりのような食べ物は、おやつ代わりに食べたいという入居者もあった。

まだ始めたばかりで大きな店構えはできない。運営企業は、売れ行きをみて、必要な商品、不足している商品、扱ってほしい商品を品揃えしていくと答えた。

当面は入居者と職員だけが顧客だった。購買層が少なければ、採算を考えると扱う商品は自ずと限られてくる。靖子はいずれは近隣住民にも、店を開放したいと考えた。品数も増やせて、より便利になっていく。

「今、一番欲しいのは食品なのですね」

靖子は育代に店の状況を話した。

「手応えはあるのね。良かったじゃない」

「十分あるわ。ひと月ふた月は物珍しさから手にとってくれる。でも、半年経ったとき、どうなっているかが肝心ね。同じように利用してくれるか。あるいはそっぽを向いてしまうか」

「あら、靖子さんは手をこまぬいているのかしら。違うでしょう。お客様が来店するように仕向けるでしょう。あなたがお店の経営者になったつもりで、商品を変えながら入店を促す。そのくらいは面倒をみないといけない。よく聞くでしょう、売れ筋商品と死に筋商品て。売れ筋商品に変えていくのは店長の仕事よ。全部が売れ筋だったら、商品の回転はすごく早くなる。そんな店を目指すのでしょう」

育代が店舗のマネジメントに詳しいなんて、知らなかった。

ある商品が売れて新たに仕入れる。またその商品が売れて更に仕入れる。売上と仕入れの間隔が短いほど、その商品は売れ筋。この間隔が在庫回転率という計算式で表される。

靖子はコンビニを導入しようとした時、予めマネジメントの解説書で知識を得ていた。全くの門外漢だったが、易しく書かれた入門書レベルの内容だったので、最低限の理解はしていた。

知っておくことが極めて重要なのだと改めて感じた。その基礎知識を育代は持っていた。

「育代さんは商業科だったのかしら」

高等学校で何を学んだのかが気になった。

「わたしは普通科よ。卒業して介護学校に進んだから、そのまま仕事に選んだのよ。マネジメントの授業はなかったわね。でも、教授が読んでおくと役に立つからと言って、一冊の本を教えてくれたのよ。噛み砕いて解説した本だったから、それで覚えた訳ね。今になってちょっぴり役に立ったかな」

一冊の書物で基本を学んだ。介護を職業としているから、直接にはマネジメントとは縁がなさそうだ。けれども仕事を進めていく上で重要な要素をもっている。マネジメントの考えがなければ、行き当たりばったりの仕事になってしまう。

「そうだったのね、わたしにはマネジメントの視点がなかった。だから色々と試すのだけれど、モノにならないうちに、次の対象に興味が移ってしまったのだわ」

靖子は介護を深めるために、どこか遠回りしてしまった気がした。マネジメントという視点が根底にあったのなら、第一段階、第二段階というように、体系的に進められたかもしれない。

だとすれば、大学へ進学して学び直しても意味がないのではないか。学ぶ方向が違っている。わざわざ遠回りしている気がする。

「なんだか無駄なことをしているみたい」

靖子は率直な思いを話した。

「何を言ってるの。ダメよ、ちゃんと進学して人間の幅を広げなくては」

育代がたしなめた。

「でも、幅が広がったとしても、マネジメントできなければ、何にもならない」

「違うわ。人間の幅が優れたマネジメントに繋がるのよ。わたしはマネジメントという言葉は知っていたけれど、実践には至らなかった。どうしてか分かる？　答えはすぐに導かれるでしょう。わたしには人間的な深さがなかったからなの。つまり、知っているだけの、頭でっかちな人間でしかなかったのだわ」

「知っていることで、わたしより一歩も二歩も先へ進んでいたのでしょう」

「だから、知っているだけなのよ。というより、知ったかぶりかな。アイデアも何も、靖子さんのように出せなかったでしょう」

「わたしが先走りしていたのよ」

「先走りできたのよ。巧遅は拙速に如かずというわ。考え抜いて実行が遅いより、思い立ったが吉日で、どんどん進めてしまうのがよいの。先走りかもしれないけれど、修正しながらよりよい姿になっていくはずよ。完璧を求めていたら、いつまでも着手できないわ」

育代の言葉は、ひとつ一つが心に響いた。わたしには基礎知識が不足していた。だから中途半端なまま立ち往生してしまったのだ。

「分かったかしら。深い知識に挑戦するのよ。せっかく決めたじゃないの。そしたら、もっと裏付けのある介護ができるでしょう。わたしのマネジメントなんかに惑わされてはいけないわ。決して回り道ではないからね」

育代が軌道修正してはいけないと諭した。

「わたしって、わざと自分で自分を追い込んでいるみたい。ずっと気持ちが定まらなくて、モヤモヤしていたのね」

靖子はモヤモヤの原因を振り返ってみた。

「あなたは日常性に生きていないのよ」

育代がひと言で言った。

「えっ、何ですか、それは」

聞いたことのない言葉だ。

「それはね、毎日が同じではないようにしているということ」

「そうかなあ、誰でも毎日は違っているでしょう」

「いいえ。同じ毎日だとあれこれ悩まなくていいわ。悩みたくないから同じように繰り返していきたくなるのよ」

「そんなふうに生きていたかしら」

「わたしにはそのように見える。それってできそうでできないことなのよ。だから新しい挑戦の進学も頑張ってね」

また育代に励まされた。

わずか二年間の学生生活だ。修業を終えてからが遥かに長い。きちんと学んで、深化した姿で介護に当たるのだ。

たぶん受験生のように、学習だけに専念できていないから、進学を諦めたくなるのだ。元々が仕事をしながらの挑戦だった。初めから分かっていたのに、始める前から挫けてしまうなんて意気地がない。なさ過ぎる。

意志の弱さが可能を不可能にする。育代さんに感謝しなくては。すぐ近くに応援団がいるのは心強かった。いや、待てよ。応援団というより叱咤激励かな。靖子は合格に向けて、寸暇を惜しむのだと自らを鼓舞した。

40

波多田の消息が伝えられた。他の施設に移ったのではなく、入院したのだった。

入院というからには年齢を考えると重病かもしれない。病名までは分からなかった。見舞いに行こうかしら。靖子は知らされずに紫園を去ったのは、このためだったと理解した。遠く離れたはずの波多田が、入院と聞いて近い人に感じられた。

あれだけ懸命に介護に尽くしたのに、言い分も聞いてあげたのにという、一方通行の感情を抱いたことが恥ずかしくなった。一生懸命は当たり前なのだ。見舞いに行って励ましてあげよう。

「大学の付属病院だそうよ」

育代が入院先を教えてくれた。

「一緒に御見舞いに行かない？」

一人より二人。靖子は育代を誘った。

「わたしは遠慮するわ。靖子さんほど接点がなかったもの」

「同じ施設の職員よ」

「でも、靖子さん一人で行ったほうが喜ばれると思う」

育代が固辞したので、靖子は一人で見舞うことにした。

見舞いの時間は午後一時から四時と定められていた。靖子は二時に病院に行き、受付で波多田の病室を訊ねた。受付では入院患者との関係を訊かれた。靖子は家族と答えた。施設の入居者は家族みたいなものだ。

病室は三階にあった。四人部屋だった。個室でなかったのは、病状がそれほど重くないからではないかと思った。

部屋に入る。カーテンで仕切られた手前の区画が、波多田のベッドだった。

「波多田さん、高森靖子です」

他の患者の迷惑にならないよう、小さな声で訪問を伝えた。

「おお、高森さんか。見舞いに来てくれたのか、済まないね」

波多田は起きていた。分厚い本を手にしていた。

「どのくらいの病状か分からなかったものですから」

「確認したかったのだね」

「そうなります」

「病名は、要するに癌だ。よくある病気だな」

他人事のように波多田は答えた。

「癌、ですか。大変ですね」

「そうだな、大変と言えば大変だ」

「手術されるのですか」

「いや、しない。もう手遅れだ」

「そんな」

「無理やり切り刻んでも、治らないものは治らない。放っておいたのが失敗だった。覚悟はできている」

「一縷の望みがありますでしょう」

「希望を持たせなくてもよい。わたしはこのまま静かに消えていく。老兵は死なず、消え去るのみだ。ちょっと違うか、死んでしまうのだからな。消え去るところは同じだが」

「そんな冗談を言っている場合ではないでしょう」

「そうではない。呑気にしていると気が紛れる。それより、きみはストレートに言うんだね」

「ストレート？」

「一縷の望みなんて、不治の病だとハッキリ言われたようなものだ」

「あ。気が付きませんでした。済みません、配慮が足りませんでした」

「責めているのではない。謝らなくてよい。むしろ爽快な気分だ。一縷の望みしかない病状なのだ。一縷の望みだから、まず助からない。引導を渡されたほうがスッキリする。残りの時間をどのように過ごすか。これはわたしという人間を試されているようなものだ。オロオロと醜態を晒すか、泰然自若と構えるか。天と地の開きがあるだろう」

やはり解説癖は治らない。自分の病気なのに、誰か知り合いの入院のように客観視しているのだ。

「今は癌も、医学が進歩して治る病気になりつつあります。仮に完治しないまでも、進行は抑えられるのではありませんか。ですから、希望を持っていてください」

「治せるのは手遅れでない場合だ。わたしは手遅れ。一縷の望みもなくなっている」

「悪いほうに考えないのがよろしいです」

「わたしはあれこれと、悪行の限りを尽くしてきた。高森さん、きみにも右と言われれば左、上と言われれば下という具合に、天の邪鬼を繰り返した。覚えているだろう。こんな人間だからバチが当たったのだ。世の中、うまくできている」

「バチだなんて。誰だって齢も取りますし病気にもなります。ですからバチが当たるなんて、そんな悲しい試練はありません。自然の成り行きです」

「慰めてくれなくていいよ」

「いえ、慰めてではありません。ありのままの姿を言ったまでですから」

靖子は波多田が弱気になっていると感じた。手遅れだの、バチだのと自分を悪く捉えようとしている。強がりを言っているのだ。弱気の証拠だった。

あの波多田が気弱になるなんて。病には勝てないということか。

「時の流れに身を任せ、だな」

波多田が珍しくおどけた。気の利いた科白のつもりだろう。歌謡曲の題名だったか、演歌世代の波多田には似合いの言い回しだった。

「いえ、任せるのではなく、逆らって生きてください。流れにと言うなら、棹さして行くのですよ。波多田さんに相応しいのはこちらです」

靖子は敢えて逆説を唱えた。

「そいつは天邪鬼という意味だな。なるほど、確かにわたしに似合っている」

「納得されましたか」

「納得した。だとすると、まだまだ長生きできるかな」

「もちろんです。わたしもお元気な姿を見るために、何度も見舞いに来ます」

「病人だよ、元気な姿ではないぞ。しかし施設の仕事は忙しいだろう。まして入試が迫ってくる。こんなジジイの顔なんか見ている暇はないはずだ。そうだな、合格するまでは来ない。目標が達成したら来なさい。その時までは生きているようにする」

「約束ですよ。合格と長生き。お互いの目標です」

「分かった、約束する」

長居は無用。患者の体に障る。靖子は病室を出た。

約束か。憎まれっ子世にはばかると言う。たぶん波多田は生き抜く。病気は完治しないにしても、生きる力は強いはずだ。

波多田に対してわたしの合格は、約束した以上、桜を咲かせなければいけない。自信はあるが百パーセントではない。入学試験は相対的だから、仮に受験生全員が満点を取って、わたし一人が99点だったら、わたしは不合格となる。逆にわたしが80点でも、他の受験生が79点ならば、わたしは合格する。

80点取ったら合格という基準なら、全員が80点でも全員が合格になるので、気持ちの上では心配は少なくなる。実際は得点の高い順に合格になるので、合格ラインは定まってはいない。

靖子は不安を払拭するため、最後の追い込みを掛けるのだと自らを鼓舞した。帰宅したらすぐに机に向かう。向かうではないか、齧り付く。参考書を開いているときが心を鎮めてくれる。

紫園への道すがら小さな神社があった。いつもなら素通りしてしまうところだったが、靖子は思い立ってお参りしてみようと思った。

菅原道真を祭った神社ではなかった。鳥居をくぐったところに神社の謂れが書かれていた。火伏せの神、つまり火災被害を防いでくれる神だった。

学問の神でなくとも災いを避ける御利益がある。靖子の災いは不合格だ。お参りすれば不合格を避けてくれることになる。靖子は祭壇に向かい合格を祈願した。苦しいときの神頼み。お参りして少し心が楽になった。

さあ、あと一息。今日は古文の追い込み、明日は漢文。勉強のスケジュール通りに進めて合格を勝ち取るのだ。

参拝を済ませて、靖子は神社を後にした。

［参考文献］

介護ビジネスの成功物語　山本幸子　花咲美

著者略歴

橘川順一（きっかわ　じゅんいち）

一九四八年（昭和二十三年）生まれ

神奈川県二宮町出身

印刷業に携わる。

日常性に生きていない

介護福祉士の女

橘川順一　著

二〇二四年三月二十日　発行

発行／蒼天社　野谷真治

〒二五九―〇一二四

神奈川県中郡二宮町山西八五四

TEL&FAX　〇四六三―七二―六六〇一

発売／汎工房

〒一八一―〇〇〇五

東京都三鷹市中原四―一三―一三

TEL　〇四二二―九〇―二〇九三

FAX　〇四二二―九〇―七九三〇

郵便振替（〇〇二九〇―四―二四一〇四　蒼天社）

編集　蒼天社編集部

制作　彩企工房（横浜市）

印刷　山王印刷（横浜市）

定価（本体一〇〇〇円＋税）
